TOKIO 2020

ANE FORCATO

TOKIO 2020

partners coerência

DIREÇÃO EDITORIAL
Lilian Vaccaro

PRODUÇÃO EDITORIAL
Bianca Gulim

PRODUÇÃO GRÁFICA
Giovanna Vaccaro

PREPARAÇÃO
Lucy Santos

REVISÃO
Lucy Santos
Bianca Gulim

CAPA
Henrique Morais

DIAGRAMAÇÃO
Bruno Lira

DADOS INTERNACIONAIS DE CATALOGAÇÃO NA PUBLICAÇÃO (CIP)

Focato, Ane
Tokio2020 / Ane Forcato - 1ª edição - São Paulo: Coerência, 2019

ISBN: 978-85-5327-193-1

1. Ficção brasileira. 2. Romance 3. Drama I. Título

CDD: 869.3

Editora Coerência
Avenida Paulista, 326, cj 84
Bela Vista – São Paulo – SP – 01.310-902

PARA ZINA.

AGRADECIMENTOS

HD 4K 25FPS 99%

00:00:20:05

MENU

AGRADEÇO A DEUS, MINHA FONTE.
E AOS FORCATOS, MORAES E PEREIRAS,
MINHAS RAÍZES AFETIVAS.

PRÓLOGO

De cabelos úmidos, e no corpo um leve perfume de amêndoas, ela se joga na cama banhada pela luz tênue da arandela. O calor do dia foi de derreter chinelo! Confortável e fresca em seu pijama curto, procura o controle remoto e liga a TV pensando em passar pelos canais sem prestar atenção, só para dar sono. Os dias continuam atarefados nesta semana que se inicia, então é perfeito dar uma relaxada agora. A viagem já está pela metade, e ela nem pode pensar no quanto o tempo está escoando rapidamente.

Passa por alguns canais. Auditórios com gincanas animadas, animes, noticiários, um seriado. Sentando-se na cama impessoal e com cheiro de limpa, ela deixa no seriado e começa a usufruir de sua habilidade para entender fluentemente o idioma que povoa as suas memórias desde a infância, mas que só agora ela usa como ferramenta para se comunicar com as pessoas em seu entorno.

É uma comédia romântica com toques de drama e suspense. Tem um elenco numeroso, e um jovem comediante em especial. Ela só quer alguém que a faça rir. Sua vida pode se resumir a essa busca, todas as outras coisas já estão nos eixos. O comediante é o homem mais bonito do mundo inteiro. Antes de vê-lo, talvez ela nem soubesse que alguém assim podia existir; ele é uma sucessão de perfeições do primeiro gesto ao timbre da voz. Ok, pode soar muito subjetivo, mas gosto não se discute, e ela fica paralisada olhando para a tela luminosa, pois ele traduz tudo que ela acha atraente no sexo oposto. E ainda tem um diferencial: tudo nele é engraçado.

— Ele foi feito pra mim — suspira ela, olhando para a TV até que a cena seja cortada e o comercial comece a passar. Como podem cortar a cena e mostrar outras coisas? Seu corpo se projeta para frente, como que a argumentar com o programa. — Devolvam o meu príncipe encantador!

Ela fica na expectativa para ver mais uma vez aquele homem. Logo a série volta, e ela passa a focar nas imagens que estão sendo transmitidas. A série tem mais romance e drama do que comédia. Ele aparece pouco, tropeça em algo, alguma coisa cai em sua cabeça. E ela se apaixona em três minutos.

Eu amo esse homem. Deus, me ajude, eu amo esse homem. Eu acho que vou percorrer este país de porta em porta até encontrá-lo.

Desafia-se, destemida, vendo aquele sorriso na tela, olhos estreitados até se tornarem só um fino risco no rosto jovem. Ela adora quem consegue sorrir com os olhos.

Assim, a cada nova noite, ela terá aquele encontro com o namorado engraçado, ainda que durante o dia ela não se lembre de ir de porta em porta até encontrá-lo.

1

Você já pensou em como estaria correndo perigo caso entrasse na rota de colisão das atenções de um psicopata? Já pensou que a construção da sua vida, erguida tijolo a tijolo, feito uma casa, ficaria sob o risco de ruir, como se um terremoto a abalasse desde o alicerce?

É a minoria deles que se converte em um assassino serial digno de filmes, séries e fã-clubes, mesmo não havendo nenhum bom motivo para alguém ser fã de um psicopata. Ah, claro, esse fetiche povoa a mente ingênua de pessoas que nunca foram vítimas reais de um maníaco.

Nos seriados, eles são charmosos, geniais, tocam piano e usam ternos italianos. As pessoas não temem os psicopatas porque os realmente sanguinários são poucos, quase sempre exceções. Mas não pense que há poucos com graus menos graves de deturpação mental. Pode haver um bem perto de você. Ou melhor, provavelmente há um bem perto de você. E, mesmo assim, praticamente nenhum de nós perderia o sono, varando noites a pensar no maníaco fantasiado de palhaço com um facão num beco. Mas, também, logo um palhaço? Isso é Stephen King demais!

Confortáveis ao seu lado e bem distantes desse estereótipo caricato, estão os verdadeiros psicopatas, não exatamente sedentos de sangue, mas sempre sedentos da seiva vital que verte de suas vítimas em suas feridas emocionais. A esses já basta te arruinar, alguns até preferem que você continue vivo, coroando sua obra com uma ruína de longo prazo.

Emi leu alguns livros e teses sobre o tema, que encontrou em revistas acadêmicas *online*, a pedido de seu vizinho, um amigo antigo da família e um senhor muito respeitado. Por esse respeito foi que ela aceitou o seu desafio de leitura. Nas teses enfadonhas, o assunto é tratado com o distanciamento necessário; já nas exortações do velho vizinho, têm um fogo crepitante. Parece se tratar de dois assuntos distintos. E ela se pergunta o porquê de ele se interessar por um assunto tão pouco palatável, ainda mais em teses de estudos acadêmicos. Seria mais compreensível se ele lhe indicasse os seriados em que o agressor faz a chacina e nem entorta a gravata de seda. Mas não; tudo que ele indicou despe friamente o criminoso e não deixa nenhuma sombra de dúvida. Se era para deixá-la com náusea, foi sucesso total.

Desde o primeiro momento, algo dentro de Emi soube o motivo pelo qual o senhor respeitado lhe indicava as leituras. Em pouco tempo, ela já se sentia na rota de colisão, apavorada, passando noites em claro, olhando para o escuro e esperando o palhaço gigantesco, sorridente, com algum guizo pendendo da lapela. A mente é um poderoso artefato de criação que não pode ser parado, sequer desacelerado, e se recebe combustível, ainda por cima, pode se tornar uma desgraça!

Ela sabe o quanto essa exposição de fatos a ajudou a compreender aonde os seus passos a estavam levando, dando-lhe um Norte. Apenas era difícil de saber se devia ser grata ou ralhar com o velho por estar lhe causando pesadelos!

Infelizmente, o seu palhaço tinha um rosto muito definido, tinha nome, tinha cheiro... E em questão de dias ela passou da paixão despreocupada ao total horror ao pensar nele. E, por alguma razão que ela desconhecia, demorou demais para conseguir se libertar. O medo paralisa, mas às vezes também fascina.

Contudo, o pior problema do medo é que ele te denuncia. Quando há medo, seu causador o fareja; e quando ele sente o cheiro, pode atacar. O medo que a presa exala é o gatilho que dispara o predador.

E, não, ela não conseguiu se libertar sozinha. Ela foi resgatada das mandíbulas ferozes de um grande predador! Esse tipo de situação pode fascinar quem olha de fora. Despertar desejos obscuros. Há pessoas que gostariam de ser o objeto de um amante insano, como se apenas o amor em si não fosse o bastante. Mas é um engano. O amante insano é, antes de tudo, um egoísta, e só ama a si mesmo.

AO SE SENTIR ENCURRALADO PELA ADVERSIDADE, VOCÊ NÃO DEVERIA SE FECHAR EM SI MESMO E SOFRER SOZINHO. O QUE VOCÊ COMPARTILHA, SE FOR BOM, SÓ AUMENTA; SE FOR MAU, SÓ DIMINUI. O MAU NÃO É ORGULHOSO DE SI MESMO, POR ISSO, QUANDO É EXPOSTO, SEMPRE PERDE VOLUME E COMEÇA A MURCHAR.

Emi acaba de digitar a legenda e a posta junto com a foto no Instagram. Em geral, ela posta *selfies* com o *look* do dia ou escolhe uma orquídea perfeita, como agora. O cacho de miniorquídeas chocolate perfuma toda a varandinha telada do apartamento.

2

O psicopata, erroneamente, é tido como uma pessoa isenta de emoções, Emi considera essa ideia. É certo que ele desconhece a empatia, mas está longe de ser isento de uma gama intrincada de emoções, que o movem e o fazem ser o que é. Isento fosse, e ficaria inerte em um canto, esperando pela morte. Mas não, ele sente um prazer mórbido e profundo na dor e na ruína alheia, sorvendo desgraças com a mesma intensidade com a qual aquela minoria sorve o sangue de suas vítimas em série.

Não importa o que a medicina prega, o que os doutores da mente opinam, Emi *sabe*. Porque esteve lá.

Ela tranca a porta do apartamento com duas voltas de chave e coloca o chaveiro japonês de guizos na pequena mochila de couro, leva-a às costas e anda a passos decididos pelo corredor. Passa pelos pequenos medos diários com desenvoltura, ninguém dirá que está desconfortável dentro do elevador, descendo os nove andares até o térreo. Não tem um medo real do que pode acontecer agora porque já não pode acontecer mais nada; o inimigo caiu no campo de batalha.

É, contudo, uma inevitável ojeriza do que já é passado e que ainda cheira mal ao seu redor. Imagine-se no campo quando a guerra acaba, contando corpos. O conflito acabou, o silêncio é total, e agora o fedor da putrefação chega a ser pior do que o calor da batalha, momento em que a adrenalina está a mil.

Sai para a rua pela porta frontal do prédio, rumando a pé pela calçada. Sempre que pode, vai caminhando para o trabalho, é bom para oxigenar o corpo e ela adora respirar o ar frio da manhã. Morar perto do escritório é um luxo para poucos; ela ignora o fluxo lento e pesado de carros pelas ruas, sentindo-se afortunada de não ser um membro diário desse estresse. Uma vez por semana, Emi vai ao escritório de Alphaville, e já sabe que é o dia de ficar parada nas marginais, atrás do volante de seu carro novo em folha.

Mas não hoje, obrigada. Hoje o pequenino ficou bem guardado na garagem do prédio, brinquedo caro de criança caprichosa. É o que pensa quando o vê, e, apesar de já fazer quase um ano que o comprou, ainda é apaixonada por ele como no primeiro dia. O Smart For Two Cabrio cor de laranja com detalhes em preto sempre rouba um sorriso seu. Vaidosa, ela não é simplesmente uma motorista que tem um carro. É uma piloto que tem um Smart! Claro que no seu Instagram há várias fotos do carrinho com a capota abaixada, seus cabelos ao vento, a luz do sol e seu sorriso. Nada como merecer o vento bagunçando os seus cabelos!

VALORIZE-SE! NUNCA TENHA VERGONHA DE SER FELIZ COM A SUA CONQUISTA, COM AQUILO QUE ERA SEU SONHO E VOCÊ TRABALHOU TÃO ARDUAMENTE PARA CONSEGUIR. PRINCIPALMENTE, SEJA GRATO PELA OPORTUNIDADE, PORQUE A GRATIDÃO VAI TE IMPEDIR DE PERDER A HUMILDADE.

Foram as palavras de Emi na legenda da primeira foto dela com o seu carro.

3

Emi passa diante de uma butique e vê os tímidos raios de sol de inverno incidindo sobre a sua silhueta magra e ereta. Usa um tubinho de tricô preto *midi* e meia-calça escura de fio oitenta, tênis social de plataforma colorido e jaqueta de couro. Um cachecol de lã pink arremata o visual. Traz os cabelos presos num rabo de cavalo alto e maquiagem apenas corretiva, com filtro solar e gloss. Se não fosse a camuflagem da maquiagem, seria possível ver nas olheiras as horas maldormidas por causa do cheiro ruim deixado no campo de batalha da sua vida, pela guerra com um psicopata. Ela está demorando para se livrar do ranço, e sua vingança é saber que ele se deu mal, muito mal mesmo. E não precisa saber de mais nada. Fim de caso, com direito a ironia, a moral da história e a tudo mais.

Se fosse assim tão fácil...

Uma moça de estatura mediana, magra e comum como Emi pode passar despercebida. Se olhada mais atenciosamente, vai ficando evidente que é muito interessante. Sua delicadeza não a faz ser alvo de elogios abertos e baratos: sua perfeição de boneca de porcelana é para os olhares mais seletivos. Essa delicadeza pode ser interpretada como fragilidade, e apenas em sua vida profissional sua verdadeira força desponta e ela não recua, demonstrando desenvoltura e competência.

É o seu último dia antes das férias. Será cheio e cansativo, provavelmente não terá tempo nem de almoçar, e nem terá hora para ir embora à noite. Vale a pena cada minuto de escritório, chefe, clientes e reclamações, para depois poder usufruir de um mês de total egoísmo, cuidando de sua própria vida.

— Emi! Bom dia!

— Bom dia, dona Arlinda! — ela responde ao humorado cumprimento da balconista da floricultura, que varre a calçada, juntando as folhas caídas da árvore durante a noite.

Emi lhe pede para sorrir e a abraça, fazendo uma foto de ambas meio despenteadas pelo vento.

— Depois vou no Insta curtir e comentar, mesmo você não comprando flores hoje — diz sorrindo a balconista, sua velha conhecida.

DÊ O SEU MELHOR! SEMPRE. OLHE PARA O SEU INTERIOR E SE ENCONTRE, NÃO SE SUBESTIME NEM SE SOBRECARREGUE ALÉM DO QUE VOCÊ PODE PRODUZIR. TENHA CLAREZA DE QUEM VOCÊ É: NÃO SEJA COVARDE DIANTE DA DIFICULDADE DO DIA DE HOJE NEM DISPLICENTE DIANTE DOS SEUS PRÊMIOS! #VALORIZE-SE

4

Ela chega ao prédio de aspecto cinzento e sem graça, como tantos naquela parte da cidade. A fachada de três andares não atrai nem os pichadores, quase limpa de traços de tinta spray. Milagrosamente, a única pichação é uma tosca declaração de amor semianalfabeta. Nada de grosserias e vandalismos; um Romeu que fugiu da escola. Emi sempre olha aquela coisa sofrível e sente pena dele, pois nenhuma Julieta será tão tonta para cair naquela esparrela, e se cair... Deus do céu, aí será de sentir pena de ambos, do Romeu e da Julieta!

Ok, sua espertinha, como se cair em esparrelas fosse exclusividade de Julietas tontas.

Respirando fundo, Emi pega o seu crachá e o passa na catraca eletrônica, único item moderno aparente. Um clique e a porta se abre. Lá dentro, a história é outra, os ambientes são ultramodernos, das salas de reunião aos lavabos. A tecnologia é compatível com todos os escritórios internacionais do ramo das importações e exportações, podendo estar em operação em qualquer lugar do mundo. Em suas videoconferências, as tomadas e as imagens sempre passam uma mensagem confiante.

Só mais esse dia, e depois as férias que ela mais deseja desde a infância. Será tão especial que ela tenta não pensar nisso antes da hora, ou fará alguma besteira no escritório. Tem que conseguir separar as coisas, mergulhar no trabalho nas próximas horas.

Emi adora viver num bairro antigo. Por ser local de uma velha classe média alta, as fachadas vão envelhecendo com dignidade e adquirindo um charme requintado. As fachadas são como senhoras que não recorrem às cirurgias plásticas de resultado drástico e artificial, mas que com sabedoria cultivam a beleza certa de sua faixa etária.

SABER ENVELHECER É UM CHARME QUE TODOS DEVIAM CULTIVAR. SE VOCÊ CUIDAR DA SAÚDE DO CORPO E DA ALMA, NÃO SE DESCONECTANDO DO QUE VOCÊ É, SERÁ MUITO MAIS INTERESSANTE DO QUE AQUELA PESSOA QUE NÃO ABRAÇA A PRÓPRIA VIDA E TENTA EVITAR AS MARCAS DO TEMPO #EXERCICIODIARIO #NAMASTE

5

O dia transcorre exatamente como Emi imaginou pela manhã. Suas amigas de adolescência, Lorraine e Evelin, trabalham com ela na mesma empresa, e moram no mesmo bairro em São Bernardo do Campo, por isso dividem o carro e podem burlar os dias de rodízio. Mesmo nos dias em que os dois carros podem circular, elas também dividem, já acostumadas à economia; e não estar sozinha no trânsito é outro ponto positivo.

No fim do expediente, elas oferecem carona à Emi até o seu prédio, pois está tarde para caminhar sozinha e está frio demais lá fora. As duas ficam até mais tarde para dar conta de tudo, e por solidariedade à Emi também.

De carro, mal rodam cinco minutos e Evelin estaciona diante do prédio antigo de dez andares. Emi as convida para subir, podem comer uma pizza.

— Obrigada, mas não, amore — recusa Lorraine de imediato. — Só você está de férias! Olha a hora, temos que ir embora logo, já é quase hora de voltarmos pra cá. A gente se vê antes de você viajar! Eu prometo que vou dar uma escapada do escritório!

— Eu não vou te ver mais, Emi — diz Evelin e faz beicinho de choro. — Boa viagem, florzinha! Traz presentes!

Sim, Emi vai viajar, finalmente, depois de anos de economia, preparação e total dedicação a cada detalhe. Desde criança, toda a sua existência a levou a esse desfecho, e à tão sonhada viagem. Está acontecendo! Agora já pode pensar nisso, e só nisso.

Em dado momento da trajetória de sua vida, um tropeço se instalou em seu caminho, pervertendo a sua vontade, ofuscando o seu olhar, aprisionando a sua alma, e esse grande sonho ficou descolorido. Foi uma situação intensa, porém bastante rápida para quem olha de fora.

Quando se está ardendo no inferno, cada minuto conta como uma eternidade.

Agora não mais. Agora não há mais nada que a prenda. Ela vai de corpo e alma para as férias, sem medo, sem o palhaço com guizos no escuro.

Ele não é um palhaço, é um demônio!

Emi estala um beijo em cada uma e sai correndo no frio da noite. Elas esperam que a moça entre, feche o portão atrás de si e esteja em segurança, e só então dão a partida no carro e se vão.

São as mínimas ações do dia que demonstram o seu cuidado pelas pessoas. Não se engane, as pequenas gentilezas não passam despercebidas, elas aquecem o coração de quem as recebe e incentivam novas pequenas gentilezas. Apenas nunca as faça esperando por profusos agradecimentos, porque, num mundo digno, elas devem fluir tão naturalmente quanto o respirar, e ninguém fica agradecendo pela respiração.

OS GESTOS DISCRETOS DE CORDIALIDADE SE COMPLETAM EM SI E PRECISAM FAZER PARTE DA NOSSA ÍNDOLE. SENDO TÃO AUTÊNTICOS, NÃO PRECISAM DE RECONHECIMENTO EXTERNO PELO QUE SÃO: ELES SÃO PARTE INERENTE DO QUE VOCÊ É, E QUEM DEVE SER GRATO É VOCÊ MESMO #GRATIDAO #CARATER

6

Em seu primeiro dia de férias em dois anos, o clima amanhece menos gelado e o solzinho mostra a cara num céu límpido. Emi quer algumas peças novas da Lupo para a viagem, e pensa em ir ao Shopping Anália Franco para umas compras.

Dia lindo e compras; é o perfeito primeiro dia de férias.

O RH deu um ultimato, ela era obrigada a sair, não importa a quantas ande o trabalho e suas responsabilidades. Com as segundas férias por vencer, já estão sob risco de multa à empresa, logo não há cataclismo que possa levá-la de volta ao escritório antes de trinta dias.

Passa um tempo centrada nas compras, mas, depois que toma o segundo café, dessa vez acompanhado de minichurros com doce de leite, passa a passear sem pressa e a olhar vitrines desinteressadamente. É um dia de folga para relaxar e sentir as horas passando lentamente, sem compromissos. Tem tudo que precisa, e não é uma pessoa consumista.

Passeia quase que sem rumo até que para diante da UZ Games e um item fisga o seu olhar. Trata-se de um *box* com uma coleção de anéis dos personagens do seu anime favorito. Sabe que na viagem poderá encontrar muitas coisas parecidas, mas já não pode viver sem ele, é uma feliz coincidência vê-lo numa vitrine tão insuspeita.

Respira fundo e admite a si mesma que lá no fundo estava esperando encontrá-lo ali, é uma lembrança guardada em seu subconsciente. Diferente de outras UZ Games, essa filial sempre traz algum *souvenir* referente a animes, porque o dono também é fã. Consistem em itens colecionáveis que ele exibe lá por conta própria e a fazem sorrir. *O cantinho do senhorio.*

Então Emi entra na loja e em menos de cinco minutos sai com o anel no polegar esquerdo. Apenas os fãs mais puristas o usam no dedo certo. Sorri para a sua mão como se usasse uma joia H.Stern, e não um brinquedo de desenho animado.

Não, itens de anime não são brinquedos.

Não, animes não são pra criança.

Sim, sou adulta o bastante pra não ter vergonha do meu anel de anime. Mesmo porque quem for capaz de reconhecê-lo vai saber que é o máximo ter um desses!, pensa.

E lá se vai ela com uma joia de vilão no dedo, para a inveja da garotada de doze anos.

Muitas coisas aconteceram no último mês, e foi tão exaustivo que Emi sente que, se não fosse a viagem por vir e a chance de se distanciar de tudo, ela morreria. Ela se sente dez anos mais velha, e, se uma reviravolta conseguir segurar o seu envelhecimento doentio, já ficará grata.

Sabe que não deve se deixar levar pela promessa de alcançar a plena paz interior e a felicidade sem fim nessa viagem. Não é razoável colocar tanta pressão sobre um evento que tem agenda fixa. E se a felicidade não estiver passando por ali bem naquela data? Não pode esperar nem finais e nem começos felizes, senão poderá estragar tudo. Ah, mas é tão difícil segurar a onda!

Emi vai visitar a terra distante pela qual nutre profundo interesse desde pequena e que, pelas próximas semanas, será a sede mundial dos Jogos Olímpicos, outro grande interesse seu. Esta é a agenda: passear, conhecer, ver jogos e competições de alto nível, ter tempo para si, respirar, curtir o verão. Seu coração precisa se acalmar e acatar a viagem como suas merecidas férias depois de dois anos trabalhando no escritório sob tanto estresse.

Do estresse profissional pelo menos ela está segura de que descansará!

É o bastante? Tem que ser, afinal, quem muito exige não sabe apreciar as pequenas coisas. E ela não quer ser essa pessoa grosseira, que pisa na flor sem notar sua presença, e depois ainda reclama que o jardim não está perfumado.

Caminha sem notar aonde seus passos a levam até que se vê no estacionamento. Entra no carro, fecha a porta e deposita a bolsa e as três pequenas sacolas de compras no banco do passageiro. Coloca a chave na ignição, contudo não dá a partida e olha fixamente para a sua mão esquerda, o anel novo rebrilha. Ele é grande e tem uma pedra circular roxa com uma inscrição em japonês: "Tama", ou Esfera. É o anel de Sasori, o mestre titereiro dos venenos. Um sorriso se forma em seus lábios sem que ela perceba, ao mesmo tempo em que os olhos ficam rasos de lágrimas. E ela se lembra nitidamente da véspera, ao chegar em casa, depois de se despedir das amigas, que partiram de carro para São Bernardo do Campo.

QUANDO A SUA VIDA PARECER MUITO COMPLICADA, E O BECO PARECER SEM SAÍDA, E O TÚNEL NÃO TIVER AQUELA TAL DE LUZ NO FUNDO... É HORA DE RESPIRAR FUNDO E BUSCAR SOLUÇÕES EM OUTROS LUGARES, EM OUTRAS ATITUDES, EM OUTROS PONTOS DE VISTA. VOCÊ NUNCA VAI SAIR DE ONDE ESTÁ E ATINGIR ALGO NOVO AGINDO DA MESMA FORMA ANTIGA. INSPIRE-SE EM ALGO TOTALMENTE NOVO, MESMO QUE SEJA SÓ A HISTÓRIA DE UM OBJETO, DE UM ANEL QUE POSSA SELAR O COMPROMISSO COM A NOVIDADE! NÃO PERMITA QUE SUA ALMA ENVELHEÇA!
#ANIME #NARUTOSHIPPUDEN

7

Hipnotizada pelo brilho do anel de Sasori, Emi revive em minutos diversos episódios daquele mês intenso, anônima no amplo estacionamento, escondida ali dentro de seu empertigado Smart. Uma profusão de imagens se sobrepõe em sua memória e a sufoca.

Ela se vê saindo do elevador na noite anterior, esfregando as mãos de frio. Espantou-se com o vulto de alguém parado diante de sua porta.

— Gert! Que susto!

— Trouxe um caldo verde bem quente. E pão italiano. Vi quando as meninas te deixaram na portaria e desci — disse o senhor respeitado, amigo e vizinho que mora na cobertura. Ela sorriu e abriu a porta, convidando-o para entrar. — Não vou entrar, só vim te trazer esse jantar.

— Você cozinhou pra mim?

— Claro que não. Fiz um panelão desse tamanho e sobrou muito. Não podia jogar fora.

Ele gosta de cuidar dela, mas tem que manter seu jeitão grosso. E Gert entrou, indo depositar a marmita térmica na bancada. Emi ficou esperando ele ir embora com a porta aberta. Ficou absorta ali, parada, e de repente ele falou:

— Fecha a porta, menina, está frio.

— Você falou que não ia nem entrar.

Ele a encarou por um momento. Depois deixou pender os ombros.

— É que me deu vontade de tomar um Porto. Vem.

Emi tirou a jaqueta de couro e o cachecol, lavou as mãos só com água na pia da cozinha e as secou com um pano de prato. Preparou um cálice de vinho para Gert e tomou o caldo reconfortante. Dividiram o pão e falaram sobre vários assuntos referentes ao escritório dela, ao laboratório dele, e sobre as férias perfeitas que ela estava para iniciar em breve, já podendo contar em horas quanto tempo faltava.

Era o perfeito encontro cordial de vizinhos.

Emi muda um pouco o colorido da lembrança quando passaram para as poltronas da sala contígua com dois cálices de Porto e um punhado de damascos. Sente que tudo fica mais denso e escuro. O homem perguntou se podia lhe dizer uma coisa importante, e deixou sua amizade em aberto, caso Emi nunca mais quisesse falar com ele depois daquilo. Mas ele precisava lhe dizer antes da viagem, porque queria que, antes de tomar uma atitude mais drástica em relação à sua amizade, ela usasse o tempo e a distância para ponderar e esfriar as emoções.

— E ainda tem mais? Já não chegamos ao inferno juntos? — desafiou ela com a voz baixa, mas bastante clara. Ele não respondeu de imediato, o que a deixou aflita. — Claro que pode falar comigo, Gert. Claro que pode! O que foi agora? Deus do céu!

— Não é o que foi *agora*... é o que foi *ainda*. — Ele cruzou as longas pernas e apoiou os braços na poltrona, parecendo um monarca no trono. Ele gostava de ser direto, e, por mais que estivesse enrolando, Emi sabia que não ia ter que esperar muito. — Vai que eu morro em débito. Gente velha não pode ter dívidas nem dúvidas. Nunca se sabe. Quando morrer, quero ir embora daqui. Não quero virar um fantasma aturdido, trombando nessas paredes. Sabe que não enxergo nada sem os óculos, e sei lá se fantasma usa óculos!

Ela não respondeu. Conhecia-o muito bem. Ele não estava brincando, apesar de a imagem parecer tão ridícula.

Nunca se sabe...

Gert é um alemão que nem usando disfarce poderia ser confundido; tem os traços fortes e inegavelmente europeus. Seu sotaque sulista de Santa Catarina já se perdeu, substituído pelo sotaque da Mooca há muito tempo. É chamado de "o alemão" por uns, e por outros de "senhor alemão".

Brindaram com Porto. Seus olhares se cruzaram, e Emi sentiu uma onda de quentura subir às faces. Sua pele é muito clara, e o mínimo rubor a deixa cor de tomate. Ela não estava mais de rabo de cavalo, levou os cabelos negros e lisos para trás das orelhas, nas quais brilhavam duas zircônias. São suas únicas perfurações, e só as possui por terem sido feitas na infância, logo não foram escolha sua. Não gosta de piercings ou de tatuagens.

Ela disfarçou, porém seu rubor não passou despercebido ao olhar atento de Gert.

— Sabe, minha amiga, se eu fosse seu avô, poderia ter interferido antes na sua vida e talvez algumas coisas feias não tivessem acontecido. Existem algumas barreiras... não é permitido que ultrapassemos, simplesmente. O lugar dos amigos é dando suporte, não interferindo. Apesar disso... olha o que eu acabei fazendo. Não sei como me desculpar agora. Fiz tudo errado desde o começo.

— Não fez nada errado, a vida é minha. E *eu* fiz tudo errado. Sei que você estava angustiado, tentando me ajudar, e ao mesmo tempo tentando me respeitar, sem se acotovelar pra dentro da minha vida íntima... Ambos estávamos angustiados! — Ela assumiu uma expressão de desespero, suspirou e virou o Porto de uma vez. — Eu só posso te agradecer. Você cuidou de tudo, me dando tempo pra passar por tudo aquilo e me recuperar. Você poupou a todos de conhecer nossa pequena história, poupou minha família, Lorraine, todos que não precisavam sofrer com tudo que aconteceu.

— Fiz o que fiz pra que você, por si só, desvendasse o mistério que a circundava. Eu não podia ser um fofoqueiro e te avisar disso ou daquilo. Tinha que ser um fato. Tinha coisas que você precisava ver.

— Eu não percebia o que você estava tentando me dizer, Gert. Sempre foi tão direto, e dessa vez você estava cheio de dedos. E me superestimava, achando que eu ia pegar no ar o fio dessa meada.

Ela riu um pouco, sem alegria.

— Tem mais coisas que você ainda não sabe. Eu vou te contar porque confio em você, guria. Reconheço que estou ficando vulnerável aqui, e te peço que não fique contra mim; mas, se ficar, eu vou entender. Eu dei vários passos além de onde você pode enxergar nesse momento. Não estou ficando gagá, nada foi por acaso. Eu realmente quis fazer o que fiz. — Ele fez uma pausa longa. — Você vai se dar bem. Só de ter tirado aquele *câncer* da sua vida! Deu tudo certo no fim.

Até onde você estaria disposto a ir por alguém que você ama? Até onde dedicaria a sua vida a uma causa que não é sua apenas pelo sentimento de dever para com o próximo? O caminho mais fácil é a isenção; cada um com seus problemas. É verdade. Tenha em mente que muitas vezes a sua ajuda será vista como intromissão, e será recusada. Por isso, cada ação sua em relação ao próximo deve ser pensada e pesada na balança do bom senso.

INTERFERIR EM ASSUNTOS ALHEIOS É UM CAMINHO QUE REQUER SABEDORIA. #SOMAISUMAFRASE

"Aquele câncer" é o Victor. E Emi não tem adjetivo melhor para ele.

Mas como Gert bem dizia, *era* um câncer, e, mesmo quando o tumor é retirado por inteiro, o paciente fica aos cacos, careca, esquelético, esverdeado, semimorto. Emi se sente um pouco assim, por dentro e por fora. Sem contar o tamanho da vergonha que sente. É corrosiva. Como Gert descobriu que Emi e Victor estavam juntos se eles namoravam escondido?

Ela não disse nada. Ia tentar interromper o mínimo possível, por isso decidiu se calar, e rezou para que aquela conversa acabasse logo; o que Gert queria que ela soubesse parecia ser coisa séria.

— Desde que você me deu sua chave, eu venho uma vez por semana, às quartas, cuidar das orquídeas. Está funcionando; elas estão lindas. Mas toda regra foi feita para ser quebrada. Daí eu vim aqui em uma plena segunda-feira de feriado. Eu só vim porque pensei que você estava passando o feriado na casa dos seus pais e que o apartamento estava vazio, você falou que ia estar fora.

"Fiz errado, mas foi Deus que me enviou. Você estava em perigo! Porque, naquele dia, assim que eu entrei, ouvi uma gargalhada. Eu conhecia aquela voz. O Victor estava na sua casa, e eu não entendi nada. Era feriado, não tinha fisioterapia marcada, por que ele estava no prédio? Por que na *sua* casa? Na hora, eu me lembrei que vocês tinham se conhecido por minha causa, quando você me levava para o pilates, e isso me deixou apavorado. Era minha culpa!"

Emi sentiu o estômago e a garganta se apertando. Então Gert flagrara suas aventuras com o terapeuta dentro do apartamento logo que eles haviam começado a namorar? Sentiu um novo rubor aparecer, porque no começo do namoro eles eram particularmente ardentes. Mas permaneceu calada. Sentia que Gert precisava falar. Parecia que ela ia sufocar, mas não conseguia pedir para que ele se calasse, e sentia quase um prazer suicida em ouvir sobre aquele assunto.

Não seria o fim do mundo ele descobrir que Emi namorava um homem e que o recebia em seu apartamento... Não era para ela se sentir assim. No entanto, ela se sentia. Ele era um idoso, avô de sua melhor amiga, e a conhecia desde menina... Ele a tratava como se ainda fosse uma menina. Agora era como se alguma coisa se quebrasse. No tempo dele, as moças de família não namoravam assim.

— Naquele dia, eu dei uma olhada muito rápida pela sala, roupas espalhadas, e vocês estavam brincando debaixo do chuveiro. Eu comecei a me sentir mal, sentia o coração pulsar na garganta. Precisei me segurar pelas paredes e saí com cuidado pra não fazer barulho, e eu quase não conseguia ver nada, a visão ficou turva. A única coisa que eu queria fazer era pegar uma arma e executar aquele crápula! Pensei que ia ficar doente. Eu confiava tanto em você, Emi. Como você podia estar fazendo aquilo? Foi depois desse dia que eu comecei a te investigar...

Ele se serviu de mais um pequeno cálice de Porto e pegou mais um damasco enquanto ia falando:

— Comecei a te observar como um detetive. Você era inocente, não fazia ideia do que estava acontecendo. Então eu tinha que te forçar a saber da verdade. Ver era melhor do que ouvir de mim. Tive a ideia de te passar todo o material que vinha pesquisando. Era muita coisa, inclusive em inglês, ainda bem que você não tem dificuldade.

As leituras sobre psicopatia.

Gert prosseguiu:

— O Victor era muito metódico para se perder na trama com que te seduzia, eu passei a estudar cada um dos passos dele na sua direção também. Ele era muito cuidadoso.

— Porque ele é psicopata, Gert.

— Eu sabia que ele era isso mesmo. Foi quando eu comecei a bolar um plano que somente eu poderia colocar em prática. Levou mais tempo do que eu queria. No começo, eu não tinha no que me agarrar, não sabia como começar a agir. Movi céus e terra pra você descobrir o que ele era. Você leu todos as teses e artigos, entendeu aonde eu queria que chegasse. E os dias passavam, e você não desistia daquele namorado infeliz. Eu resolvi fazer algo a respeito — declarou ele, erguendo o cálice num brinde triunfante.

— Eu sei que você queria que eu desistisse dele logo na primeira página que li, quando entendi do que se tratava. Mas eu passei por estágios. Primeiro eu não acreditei. Depois eu acreditei, mas não levei a sério o suficiente. Depois eu não sabia como conseguir fazer isso sem que ele ficasse alterado. Além disso, eu fiquei com medo. E o medo aumentava a cada dia, eu me via cada vez mais e mais sem saída.

— Eu sei — lamentou ele. — Por mais que nunca tenha me falado nada, eu lia nos seus olhos. Foi quando eu vi que eu mesmo teria que resolver isso. Durante um tempo, eu fiz coisas dignas de um livro da Agatha Christie. Isso foi antes de você entrar em cena. Até remexi na bolsa dele, no computador e nos armários da academia pra tentar encontrar detalhes de sua vida, qualquer coisa que servisse de prova de qualquer coisa... que servisse de arma para qualquer coisa... enfim.

"Eu precisava pegar esse predador, e fiquei obcecado por meses que pareceram anos, Emi. No meio da minha investigação sobre tamanho predador, você surgiu como a nova presa! Não sei se, no início, foi porque sou só um velho sem nada mais interessante pra fazer. Mas quando te envolveu, você que é a melhor amiga da minha neta, eu tinha que agir! Ele era perfeito no disfarce, mas existia uma brecha no seu sistema: ele não desconfiava de mim, julgou que minha inteligência era tão débil quanto as minhas costas."

— Não tem nada débil em você. Sempre te vi como um gigante.

— Fiquei furioso quando consegui até mesmo descobrir que ele usava o comprimidinho azul quando estava contigo. — Gert percebeu Emi se afundar na poltrona e olhou para o outro lado para não a adoecer de vergonha. Para uma jovem de vinte e quatro anos, falar em aditivos sexuais é como falar em usar dentadura e porrete. — Até o fim eu apostei na sua inocência, eu sabia que você era inocente porque eu te conheço. E o câncer não pensava em ninguém além de si mesmo. Destruí a brincadeira dele antes que ele destruísse o brinquedo. Foi a única vez na minha vida que eu fiz algo parecido.

— A necessidade faz o monge. Ou o hábito. Ou não é monge? Não me lembro do ditado.

Emi esticou o corpo para a frente, pegou a mão idosa e dura do amigo e a apertou entre as suas. Era uma mão firme de quem ainda trabalha com precisão, mão de unhas um pouco encardidas de terra dos vasos, mão perfumada de infusões de ervas. Não tinha o que dizer, compartilhava daquele ódio mesclado à vergonha de ter sido enganada e ter enganado também, sem saber, outras e outras pessoas numa rede de eventos. Eram sensações corrosivas com as quais Emi ainda não conseguia lidar muito bem.

Mais tarde, fotografou a bela lua cheia, que estava parcialmente coberta pelas nuvens.

O PIOR SENTIMENTO QUE VOCÊ PODE SENTIR É A VERGONHA, POIS ELA DESENCADEIA UM DESEQUILÍBRIO DIFÍCIL DE SER DOMADO, E DESEMBOCA EM OUTROS SENTIMENTOS NEGATIVOS. AS PEQUENAS VERGONHAS DO DIA A DIA VOCÊ RESOLVE COM RISOS, POIS O HUMOR É O MELHOR REMÉDIO. APENAS TENHA CUIDADO PARA NÃO SE ESCONDER ATRÁS DE UMA ATITUDE DE PATETA, ISSO PODE GERAR BAIXA AUTOESTIMA. O IDEAL É SE ESFORÇAR PARA NÃO PRECISAR PASSAR VERGONHA, POIS ELA SEMPRE SERÁ AUTODEPRECIATIVA. NÃO A TORNE UM HÁBITO NEM UMA DESCULPA. #CARATER #FORÇA

9

A joia do anime combina com o seu dedo. É uma feliz coincidência. Emi fica olhando sem ver os nós dos dedos brancos pela pressão no volante do Smart enquanto as lembranças ainda a invadem.

— Eu fiz o que teria feito por minha neta. Conheço muito bem cada uma das ervas que misturo para os chás. São obras de arte verdadeiras. Eu dosei com maestria os seus chás naquele dia. Eu sabia que você ia oferecer uma boa caneca para o visitante, estava frio e vocês iam querer tirar a roupa... O seu chá era mais frutado e tinha uma nota de flores. O dele era uma bomba estimulante vasodilatadora que faria qualquer hipertenso ir a óbito.

"Disfarcei os sabores, e ele não desconfiou de nada. Ele usou o remedinho antes pra te impressionar, para você achar que tudo aquilo era paixão. Eu fui perfeito. Um alquimista! Ele enfartou, como eu previ, mas desastradamente não morreu. Pelo menos o chá não ficou rastreável, apenas o componente do remedinho azul era gritante no exame. Ah, ele devia mesmo ter morrido, e eu não teria remorso. Eu controlei a situação, contei com a sorte, e, no fim, tudo acabou como tinha que acabar."

— Gert... meu Deus! Victor era perigoso, mentiroso, estava me causando muitos problemas, e não dava pra saber até onde ele iria se não fosse parado.

Gert quase se tornara um assassino para conseguir tirar Victor de sua vida? Ele pedira que não o julgasse antes de voltar da viagem. Teria tempo para pensar. O amigo tinha esperança de ela tentar absolvê-lo. Mesmo que não quisesse mais a sua proximidade. Ela acabara de escapar das mãos de um psicopata, o que achava de seu vizinho ser um pretenso assassino tão maquiavélico que prepara veneno para o inimigo?

— Gert… meu Deus… — Sua voz soou como um sussurro. Antes de sair, ele estendeu a mão grande com a chave do apartamento para lhe devolver. Emi fez que não com a cabeça. — As orquídeas precisam de você, Gert.

As portas principais da sua vida são as do seu coração. Quando uma pessoa tem as chaves da sua casa, ela pode entrar, ajeitar um móvel, presentear com uma flor ou até roubar objetos. Se você precisa ter tanto cuidado com quem entra por essas portas de madeira, deve ter muito mais com quem entra pelas portas do seu coração.

QUEM VOCÊ TEM DEIXADO ENTRAR? É ALGUÉM QUE TE PRESENTEIA, OU TE ROUBA?

10

Emi chora de novo, mas dentro do choro tem um riso.

Quem é o psicopata agora, seu verme?

A vida de quem acabou agora?

O anel de Sasori, o mestre titereiro dos venenos, que manipula e mata lentamente com dores lancinantes. Feliz coincidência.

Respirando profundamente, dá a partida no carro e o manobra para deixar o estacionamento do shopping. Vai almoçar todos os restinhos que achar na geladeira e acabar de arrumar a mala com as roupas íntimas que acaba de comprar. Faz semanas que está arrumando e desarrumando a mala, em altos e baixos de ansiedade, formando diversos *looks* que copia dos diversos perfis de consultoria de moda que segue no Instagram. É um jogo mais gostoso que *video game.*

Naquela tarde, abrindo a porta com o cotovelo na maçaneta, as mãos ocupadas com uma forma de bolo inglês, Emi já sabe de quem se trata. As batidas em síncope são muito características. Apenas o seu vizinho da cobertura chega sem ser anunciado pela portaria: um lance de escada, e ele está ali. Sempre vem com algum mimo, por mais simples que seja, como agora: um saquinho plástico com uma porção de ervas secas dentro. A coloração é amarelada.

— Oi, Gert! Estou fazendo o bolo de fubá com açúcar mascavo que a Lorraine gosta. E acho que ela vai adorar o chá também — diz Emi, olhando para o saquinho de ervas que o homem exibe de forma pomposa. Ela sorri com o canto dos lábios e com o canto dos olhos, numa ternura que a deixa mais bonita e que demonstra que ela não precisa de duas semanas do outro lado do mundo para ponderar se ele é passível de absolvição. — Pode colocar ali na bancada pra mim? Estou com as mãos sujas.

Ele entra e fecha a porta atrás de si. Leva o corpo alto até a pia e se abaixa, procurando pela chaleira com familiaridade. Emi não acha nada estranho ter um amigo de setenta anos. Quem estranha talvez não conviva com idosos. Eles são tão iguais ao resto de todos nós! Apenas sentem mais dores, e isso é a máquina se desgastando pelo tempo e pelo uso.

Pessoas são como carros. Quando ficam ultrapassadas, são esquecidas, mas, quando mais e mais tempo se passa, as que sobrevivem passam a ser objetos de desejo, verdadeiros clássicos retrô a preços exorbitantes! Sim, manter um velho funcionando sai caro. Mas é um charme.

— Minha neta me ligou querendo esse chá pra despedida. Ainda bem que eu tinha a mistura exata. Você caprichou no bolo que ela gosta faltando horas pra sua viagem. Devia ter pensado mais nos *seus* gostos, afinal é você que vai viajar, é você a homenageada.

— Deixa pra me homenagear quando eu for importante.

Emi ri, tentando tirar os cabelos do rosto, sem sucesso, usando o braço. Gert meneia a cabeça e pega um laço que acha sobre a bancada, depois a pega pelos ombros e a vira de costas. Em segundos, ela está de rabo de cavalo.

— Não quer fazer bolo com cabelo, certo?

— Obrigada.

Ele é desenvolto cuidando de meninas. Tem a neta e as amiguinhas, e elas sempre o viram como um avô bonachão. O fato de agora elas já terem mais de vinte anos não muda em nada a forma como ele é desenvolto para cuidar delas. Se for um joelho esfolado, um cabelo para prender ou um coração partido, ele não pede licença e faz o que tem que ser feito.

— Sua neta morre de ciúmes de você viver aqui em casa, salvando a minha vida. Ela fez uma cara meio feia quando soube que você tem minha chave, e eu a sua. Vamos atenuar o fricote dela com chá e bolo.

— Não vejo nada de mais em ter sua chave pra cuidar das orquídeas, e você regar o jardim e a estufa quando estou fora.

— Eu sei. Mas Lorraine ficou com medo de você ter me dado a sua chave pra eu te socorrer no caso de você ter um mal súbito. Ela não aceita que você esteja ficando ou se sentindo velho, a ponto de me dar a sua chave.

Gert dá uma risadona grave que reverbera na cozinha pequena do apartamento e lhe dá uma piscada por trás dos óculos que deixam seus olhos grandes, evidenciando o azul tão claro como os de um husky siberiano.

— Sabia que o Raí foi avô aos trinta anos? Bom de bola, hein? Só porque eu tenho uma neta rabugenta, não significa que seja velho! Eu ainda boto abaixo moinhos de vento que ameaçam as mocinhas.

— Eu sei, Gert. Eu sei muito bem disso.

MUITAS VEZES É DIFÍCIL ACEITAR A AJUDA DE ALGUÉM NA NOSSA JORNADA PARA NOS TORNARMOS INDEPENDENTES E ADULTOS. PRECISAMOS TER GARRA PARA VENCER, SEM, CONTUDO, ESQUECER QUE A HUMILDADE TAMBÉM É UMA GRANDE FORÇA DE CARÁTER. QUANDO ALGUÉM TE ESTENDE A MÃO, PEGUE, AGRADEÇA, RETRIBUA. #GRATIDÃO

11

Eles são conhecidos de longa data. As meninas concluíram juntas o ensino médio no Instituto Sagrada Família, em Santo André. Naquela época, Gert soube que o padrinho de Emi falecera e lhe deixara uma herança. Ele era solteiro e seus pais já eram falecidos. Emi era a única família que lhe restava, e ela sofreu sua perda como se fosse a perda irreparável de um pai de verdade.

Quando ela completou dezoito anos, a herança, até então selada, foi aberta e era mais que o bastante para comprar aquele apartamento. Emi amava cada centímetro daquele lugar, que ficou alugado por quatro anos; com os ganhos, ela cursou a faculdade e cobriu as suas despesas. Após se formar e ser efetivada na empresa onde já estagiava na época, estava pronta para enfim modernizá-lo e se mudar.

Financeiramente, era uma vida privilegiada, ela não poderia reclamar. Tão jovem e já com um imóvel só seu no Alto da Mooca. Ela também conquistou o carro dos seus sonhos, o minúsculo Mercedes-Benz, com esforços próprios, demonstrando que sabia valorizar as oportunidades da vida. Se o padrinho estivesse vivo, teria motivos para se orgulhar.

Já a neta de Gert, Lorraine, tinha proventos mais modestos, mas nada que a impedisse de ter uma vida confortável.

Ele se senta na banqueta alta do outro lado do balcão, deixando o espaço da cozinha para Emi colocar o bolo no forno pré-aquecido e finalizar os preparativos para o chá de despedida. Serão apenas duas semanas de viagem, mas todas as ocasiões especiais de suas vidas são acompanhadas de festas do chá, das ervas preparadas por Gert na cobertura.

Gert é um microprodutor que fornece para alguns espaços *gourmet* e de saúde na capital. Seus canteiros e vasos enormes são constantemente trabalhados para que na terra não falte nenhum componente necessário para as suas plantas. Outras ervas ele traz de Santa Catarina, para onde vai a cada quatro meses. Esmera-se nos sabores e nas propriedades das infusões, sua cozinha se parece mais com um laboratório, e ele ganha o bastante para não desanimar do negócio. É apenas o *hobby* de um aposentado, mas fazer algum dinheiro com o que se gosta é sempre um incentivo e uma razão para não envelhecer. Ele viaja para o Sul a cada quatro meses, e fica lá por quase um mês, período no qual dá a receita por escrito de como devem ser feitas as regas nos vasos. Emi não fez nada errado até agora.

Sua esposa, a avó de Lorraine, é também Lorraine. Eles não são realmente separados, mas ela permanece mais em Pomerode do que com ele no apartamento, e eles só se encontram de quatro em quatro meses, quando ele vai até Santa Catarina para buscar suprimentos. Por vezes, eles encurtam o tempo separados, quando ela o visita na Mooca, pois quatro meses sem se ver é muito tempo. Mas é como ela se sente, uma visitante.

O casal tem uma ótima relação de amizade. Eles se falam por aplicativos, ficam em contato online por algumas horas todos os dias num ótimo entrosamento virtual. Ela é um pouco mais velha, completou setenta e seis anos, vem de uma família tradicional de imigrantes alemães e não mais deixaria Pomerode: seus anos de São Paulo estão no passado. Ela acompanhou o marido por toda a sua vida profissional, e viveu com ele na Mooca por décadas. Ambos criaram os filhos em São Paulo, mas os dois mais velhos conseguiram voltar para Pomerode para cuidar dos negócios da família no ramo de produção orgânica de alimentos. Laura, a mãe de Lorraine, é a filha que permaneceu em São Paulo e tem a responsabilidade de ficar de olho no velho pai em sua cobertura bagunçada.

Hoje em dia, avô Gert e avó Lorraine se dão melhor a distância, um longe das manias ranzinzas do outro. A neta não gosta nada disso, sempre incentiva a avó a passar temporadas maiores em São Paulo, e a velha senhora se sente claustrofóbica quando passa um tempo com o esposo, por mais que o apartamento tenha ótima metragem; é a cobertura e tem o jardim e a estufa exuberantes.

Por sua vez, Gert diz não conseguir mais se sentir em casa no Sul. Ele encontrou o seu lugar na Mooca quando ainda nem tinha completado trinta anos, e só partiria quando não houvesse outra alternativa. Enfim, realmente os idosos são turrões, e os seus desejos devem ser respeitados na medida do possível, pois nunca se sabe quanto tempo eles têm.

Numa ocasião em que Emi passava férias do ano letivo em Pomerode com Lorraine e Evelin, as três mocinhas inseparáveis, a avó lhes disse:

— Os casais muitas vezes se amam e mesmo assim se separam nos melhores anos de suas vidas, cada um em um canto, trabalhando, criando filhos, consolidando carreiras até no exterior, e perdem os momentos mais preciosos da juventude. O Gert e eu passamos todos os anos da juventude e da meia-idade juntos, nunca perdemos uma só chance de namorar, nossa relação sempre foi apaixonada.

"Agora que estamos muito impacientes e nos atacamos a cada cinco minutos, velhos e sem graça, chegou nossa vez de cada um procurar o que fazer, sem se trombar pela casa. Ele faz chá, eu cuido da minha cozinha. Ainda vendo muita geleia e muito doce! Eu é que tenho o meu pomar. Ele só tem aqueles vasos horrorosos; aquilo não é terra. Se alguém tem que ir pra junto do outro, é ele que tem que vir embora pra casa."

— Nem sonhando que o vô vem pra cá! — Lorraine deu um grito.

Na época, ela achava que toda a sua vida ia desmoronar se o avô voltasse ao Sul, porque a sua mãe também iria querer viver no interior perto do pai e de toda a família. Assim ela também acabaria escondida no sítio, amassando barro com galochas. E uma adolescente vivendo intensamente seus anos de descobertas urbanas não poderia ir para Pomerode. É uma família que muito se ama e se cuida, mas nunca poderia ficar reunida.

Emi participa dessas coisas todas, sempre perto da família Klein. Ela também vota contra a volta de Gert para o Sul, se alguém lhe perguntar. Toda família tem alguém longe.

A vida de todas as pessoas deve ter um sentido maior, uma meta pessoal, profissional e espiritual. Esse tripé de sustentação é essencial. Nem sempre o que você deseja ver ao seu redor é o que você alcança, pois, numa família ou entre amigos, o desejo do outro não é o seu. Portanto, cada qual deve ter seu próprio objetivo e lutar por ele com boa vontade. E com boa vontade acatar a decisão de quem te acompanha nessa jornada.

AQUELE QUE ANDA AO SEU LADO NÃO PODE DAR OS MESMOS PASSOS QUE VOCÊ, E CABE A VOCÊ A GENEROSIDADE DE DEIXÁ-LO IR PARA LONGE SE ELE PRECISAR #PEGADASNAAREIA

12

— Que bolo cheiroso! Agora é só esperar a Lô chegar. Ela sempre atrasa... Obrigada por me fazer companhia enquanto isso. E obrigada por tudo mais, Gert. Só de saber que você é meu vizinho, meus pais nunca ficaram inseguros de eu morar sozinha. Acredita que já vai fazer três anos?

— Passou rápido, Emi. Você comprou esse lugar sete anos atrás. Cheguei a pensar que nunca fosse morar aqui de verdade, porque o dinheiro do aluguel era bom. Mas morar bem é melhor do que ter o dinheiro! — Gert aceita o cálice de Porto que ela coloca diante dele, e pega um damasco do pote de cristal lapidado que reina no balcão de pedra negra. Para ele, morar bem é morar sozinho. — Foi um ótimo investimento. Eu sonhava em dar esse apartamento para Lorraine, mas as coisas se encaminharam diferente. E, de qualquer forma, ela vem sempre aqui, eu não a perdi de vista. É chato ficar velho e ser deixado de lado. Aí acho que te adotei como neta também e acabei avô das duas.

— Eu te vejo como meu amigo, não como avô.

A cozinha toda cheira a bolo assado.

— Um amigo velho que prende seu cabelo em uma maria-chiquinha...

— Está bem...*vovô*! — Ao mesmo tempo, o interfone toca e o forno dá um clique. Lorraine já está chegando, e Emi ainda nem tomou banho. — Recebe a Lô por mim! Vou me arrumar.

Gert a segura pela mão por um instante, eles trocam um olhar franco. A conversa que tiveram na noite anterior ainda paira entre eles.

— Não preciso te pedir...

— Claro que não. É um segredo nosso. E não tem nenhum sangue na nossa mão.

— Que pena.

Ele dá de ombros. Emi sente um calafrio e o deixa atender o interfone. Passa rapidamente pelo chuveiro, a ansiedade da viagem chega a mexer com seus intestinos, ela está com diarreia. Sai rindo do banheiro, pois sofrer assim pela ansiedade da viagem é, acima de tudo, maravilhoso. Quer dizer que está entregue àquele momento. Confessa o drama intestinal aos amigos, e eles dão muita risada juntos, as piadas rendem.

As melhores emoções da vida vêm sempre acompanhadas de reações químicas e orgânicas. Evidentemente, as lágrimas são as mais bonitas, e as que valem a pena ser retratadas nos romances e nas cenas nas quais se sente o vento nos cabelos. Mas nem sempre uma beleza plástica e perfeita acompanha seus momentos reais.

EM HORAS DE DESVANTAGEM FÍSICA, EM VEZ DE SE ACANHAR, RIR É O MELHOR REMÉDIO.

13

Quando se vê só com a mochila às costas, Emi suspira, aliviada. É uma bela peça de couro marrom unissex de linhas retas, mas sem ser séria demais.

A mala despachada vai pela esteira rolante até se esconder atrás da cortina de tiras pretas. Não é tão pesada, contudo é volumosa, e a estampa de oncinha é um tanto exagerada para o seu gosto. Cavalo dado não se olha os dentes. A mala está com bastante espaço vago para *souvenirs*, sendo assim, provavelmente, no retorno será ainda mais desconfortável arrastá-la pelo caminho. Mas pensar em *souvenirs* é muito bom. O canto dos seus lábios se ergue num sorriso, os olhos se estreitam. Quando viaja, assim como as amigas e seus pais, sempre emprestam entre si os mais diversos acessórios. Os casacos, malas, botas e até livros são os verdadeiros viajantes e têm histórias para contar.

Olha ao redor depois de ter mais uma vez confirmado no painel os dados de seu voo. Parece incrível, desta vez ninguém conseguiu acompanhá-la ao aeroporto. Chegar ali dirigindo seu Smart For Two Cabrio cor de laranja e preto e deixá-lo no estacionamento foi meio solitário para ambos. Ela olhou demoradamente para o carrinho destemido, que parecia ainda menor estacionado no meio de duas vans.

— Tchau, Naruto, meu ninja da Folha.

Ele precisa ter esses nomes e títulos todos, porque é cor de laranja e sempre irá surpreender quem o subestimar.

Em geral, quem viaja sempre conta com carona, despedida, bate-papo para descontrair num café... E logo na vez que embarca sozinha, no frio de julho e para a viagem mais longa do mundo, ela não tem companhia. Ainda bem que Gert e Lorraine fizeram as honras da festa de despedida na pequena cozinha do apartamento algumas horas antes. Seus pais lhe ofereceram um jantar alguns dias atrás, em casa, com comida caseira e um envelope de dólares de presente.

Assim como Lorraine e Evelin, seus pais prometeram estar no aeroporto quando ela chegar. As boas-vindas serão mais reconfortantes do que a partida. Mesmo o carro dela estando no estacionamento, eles estarão lá para lhe receber e para dividir as bagagens a mais que ela trará. Emi prometeu não ser consumista a ponto de as compras não caberem no seu pequeno Smart, e com certeza ela não cumprirá a promessa. Mas é ótimo pensar que estarão lá e que ela não precisará dirigir para casa depois de quase trinta horas de voo. Será uma das poucas vezes que permitirá que alguém dirija o seu carrinho. Tem uma paixão fetichista por ele.

Não tem certeza se é a viagem mais longa do mundo, mas sempre acreditou nisso. São Paulo a Tóquio é meio mundo de distância, sem atalhos.

Muita gente anda em diversas direções, com ou sem malas, sozinhas ou acompanhadas. Emi esteve algumas vezes naquele aeroporto para viajar ou se despedir de alguém que fosse embarcar. É um ambiente marcadamente humano que proporciona muitas emoções. Minutos antes, viu um rapaz alto, de barba ruiva e rala chorando de forma contida. Estava esperando alguém? Ou esse alguém tinha acabado de ir embora? Uma garota adolescente de longos cabelos desalinhados e trajando molambos jeans dorme no chão, sobre duas mochilas sujas, provando a todos que não se importa. E Emi busca discretamente com os olhos mais emoções para ver e poder confiar na humanidade. Abraços e risos de chegada. As pessoas estão no seu melhor nos aeroportos. Parecem autênticas, o amor verdadeiro. Prontas a demonstrar que o viajante é importante.

E eu sozinha bem hoje, na maior viagem de toda a minha vida. Tóquio!, pensa.

Enche os pulmões, sem conseguir esconder o sorriso, e vai junto com a multidão em direção à sala de espera próxima ao seu portão de embarque, fazendo as últimas fotos para postar no grupo da família e no das amigas. São somente dois grupos contendo três pessoas, seus triunviratos. No primeiro, ela compõe trio com os pais; no segundo, divide com Lorraine e Evelin, as amigas da adolescência. Não precisa ter uma multidão de amigas, só as melhores. E para a família sua mãe se encarregará de esparramar suas imagens e notícias. É um número considerável de gente falando que finalmente a japonesinha vai conhecer a terra do sol nascente. Com quatro anos de economia para a ocasião, e com alguns presentes em dinheiro que ganhou adiantado de aniversário, está com um cartão de crédito satisfatório e uma boa quantidade de dinheiro na carteira. Poderá aproveitar muitas oportunidades.

O inverno está rigoroso na América do Sul este ano, e um mundo de verão e delícias a esperava *logo ali* no Oriente. Sorri no último clique e envia. Encara o celular e o guarda no bolso frontal da mochila. Ainda não entra na sala de espera, pensando se tem tempo de dar mais uma volta e tomar um café.

Saca o celular de novo, e tira uma selfie típica de aeroporto, apontando para o painel de embarque.

SER A MELHOR COMPANHIA PARA SI MESMA É UM SINAL DE AMADURECIMENTO, UM SINAL DE QUE A INSEGURANÇA JUVENIL JÁ ESTÁ PERDENDO SUA FORÇA. É BOM ESTAR BEM ACOMPANHADA, MAS, QUANDO SE BUSCA UM OBJETIVO PESSOAL, É NECESSÁRIO ENFRENTAR SOZINHA. #TOKIO2020

14

Emi ama os esportes, ela mesma foi uma boa jogadora de vôlei nos tempos de colégio. Apenas a sua estatura de 1,65 metro não lhe permitiu virar um expoente capaz de chegar à liga nacional. Nem por isso deixou de amar os esportes, em especial o vôlei, e nem por isso é frustrada. Estar embarcando para o Japão nas Olimpíadas com uma pilha de ingressos garantidos e já pagos, incluindo a mágica sexta-feira, dia 27 — a abertura oficial —, é o seu sonho realizado. Não importa que seja para as arquibancadas, e não para as quadras. *Vamos ser feliz com o que podemos ter!*

Tem porte esguio e atlético por nunca deixar de fazer exercícios aeróbicos e alongamento, incluindo danças modernas. Seus cabelos muito negros e lisos, de corte reto, não diferem em nada dos cabelos das japonesas que estão na sala de espera para o mesmo voo. E ela sabe que, uma vez em Tóquio, se estiver com óculos escuros que disfarcem seus olhos ocidentais, será confundida com uma local. Seu nome também é japonês, apesar de não ser descendente. Essas coisas acontecem no Brasil. Seu padrinho era japonês, se chamava Paulo Hiro porque nasceu em terras brasileiras e seus pais escolheram Paulo, o nome do primeiro amigo que fizeram no Brasil.

Por influência do padrinho, seus pais aquiesceram e lhe deram o nome da "mulher mais brilhante do mundo", uma professora por quem Paulo Hiro se apaixonara em sua estada em Tóquio durante a juventude para trabalhar e fazer a faculdade. Ele fizera Veterinária com especialização em felinos. "Amar os gatos é uma coisa muito nipônica", ela dizia ao padrinho veterinário, que vivia de branco até quando estava de folga. Na verdade, ele nunca estava de folga, já que morava no andar de cima da clínica e prestava plantão vinte e quatro horas por dia.

E Emi adora o seu nome, exclusivo desde o jardim da infância, enquanto as demais meninas tinham os nomes todos iguais. O padrão se repetiu até a faculdade. Nunca conheceu outra Emi, e isso lhe dá uma sensação de ser exclusiva no mundo.

Na sua lista do que fazer em Tóquio, uma das metas é visitar a universidade onde seu padrinho estudou. Refazer alguns dos seus passos e evocar a sua lembrança, quem sabe até a sua presença. Paulo Hiro foi, durante toda sua vida, alguém irrepreensível.

Ele era tímido e não se relacionava com muita gente. Seus maiores admiradores eram os donos de animais, seus pacientes. Ele ganhava presentes com cartões escritos e assinados pelos gatos. Certa vez, a dona de um persa carimbou a patinha do bichano no cartão de Natal com um agradecimento meloso por ter salvado a sua vida. Paulo Hiro deu o cartão para Emi, ensinando a ela a importância de dar o seu melhor, no que quer que ela fosse fazer em sua vida.

Quando damos o nosso melhor, não é apenas para a nossa felicidade e plenitude, mas para a felicidade dos outros. E se as pessoas estão felizes, o mundo todo vai, dia a dia, ficando melhor. Com o padrinho ela aprendeu que não se deve trabalhar apenas para ganhar dinheiro. A importância da nossa vida é fazer o que se ama, na crença inabalável de que o bem está alcançando a todos.

Estou tentando, padrinho... Ah, se você pudesse ver!

15

Os pais de Emi foram os maiores entusiastas da viagem, lembrando do desejo do padrinho de que fossem juntos para Tóquio um dia. Paulo Hiro lhe ensinava palavras e expressões desde criança nas ocasiões em que se viam, e ela não se esqueceu de nenhuma. Cantavam algumas canções infantis e faziam jogos; quando ela via algo que já conhecia em animes e seriados de monstros, ficava emocionada ao se lembrar da infância. Porém, a viagem juntos nunca aconteceu, pois ele faleceu de câncer no pâncreas quando Emi ainda entrava na adolescência.

Ela sente saudade dele, apesar de não terem convivido muito; ele era muito ocupado com o trabalho e tímido nas relações de família e, por mais que o convidassem, comparecia apenas nas datas mais importantes do ano.

Agora lá vai ela pela Qatar Airways, embarcando para um dia e quatro horas de viagem. É um pouco como viajar no tempo, e não só no espaço.

Emi sempre teve a sensação de que também será como estar em outro planeta. E ela poderá sentir isso em breve, quando finalmente desembarcar em seu sonhado destino. Na verdade, sabe que toda a festa esportiva vem em segundo plano, sua paixão é mesmo a capital japonesa!

Até que embarque e alcance o seu assento, um sentimento de mau agouro a assalta. Quase sente uma mão forte chegando pelas suas costas, paralisando-a, agarrando feito uma garra de rapina o seu ombro. Sente como se estivesse sendo observada. E a sensação não é gratuita. Pelo menos a sensação a faz sair da inércia e dar meia-volta, saindo da frente da porta da sala de espera e pensando naquele café.

De repente, contudo não totalmente de surpresa por já estar com a sensação estranha, Emi dá de cara com uma pessoa e todo o seu corpo é atingido por uma chuva de agulhas. Suas terminações nervosas a crivam. Acontece muito rápido. Suas pernas amolecem. Ela fica imóvel, olhando para a mulher bonita e bem-vestida à sua frente num *tailleur* escuro de corte impecável debaixo de um sobretudo de *tweed*. O traje de inverno mais elegante que já viu na vida real, sem ser de páginas de consultoria de estilo.

— Emi — diz ela e oferece um sorriso que, para os desatentos, passa por um sorriso cordial.

Mas Emi pode ver um esgar gélido ali. O sorriso e o olhar vazios, sem paixão, sem ódio, sem nada que pareça vivo. É a esposa de Victor. Não sabe o nome dela, ou não sabe se não se lembra. Não consegue falar, a cabeça em torvelinho. Diante de sua surpresa evidente, a mulher prossegue, melodiosa:

— Não é uma coincidência, eu não vou viajar. Estou aqui para falar com você. Sei que temos mais de uma hora até o embarque.

Melodiosa e com olhos vazios. O palhaço no beco com um guizo na gola torta. Emi sente profundamente todos os seus alarmes soarem, deixando-a quase desnorteada. Como essa pessoa está aqui na sua frente? Por que sempre todo mundo sabe tudo? Que mundo é este onde todas as respostas podem ser achadas sem que a gente conte nada?

E ela continua, como se Emi fosse um livro aberto e seu pensamento, palavras escritas em letras garrafais:

— Seus dados ainda estão cadastrados na academia. Liguei para a empresa onde trabalha, falei com algum colega seu e obtive seu paradeiro. Eu já sabia da sua viagem, é evidente, e falei casualmente com alguém que me passou as datas e horários. Eu torci muito para você estar sozinha. E aqui estamos.

Emi não gosta do verbo conjugando as duas presas na mesma ação. Ainda sem falar uma palavra, vê diante dos olhos uma memória trêmula: a imagem do homem segurando o seu braço usando de força um pouco desproporcional.

— Você não vai *me trair* com essa viagem! Não vai *me trair* com a lembrança de um padrinho morto! Não vai *me trair*! Não vai viajar! — Ele frisava com ímpeto as palavras "me" e "trair".

Como, agora, estando ele fora de combate, envia a mulher? Estará ela ali para impedir que viaje? Por que essa gente está obcecada nesse samba de uma nota só? O que ela pretende fazer? Como ele pode comandar assim a mulher, mesmo depois de tudo?

Emi olha em torno, atropeladamente pensando em chamar um segurança, ou apenas correr. A calma da senhora de meia-idade à sua frente é como ver a negritude do céu antes de desabar uma tempestade. Sente a eletricidade do ar quase levantando os fios de seus cabelos enquanto as memórias se agigantam:

— Vou sentir tanto sua falta. É como se arrancassem um pedaço de mim.

— Victor! — Emi riu e meneou a cabeça, admirada. — Agora você foi brega, né?! Parece letra de música. E das ruins.

— Pode ser brega. O amor é brega. Não vou mesmo conseguir te convencer a desistir? Vai ter que ser na base do veto?

— Você me ama? Então por que não vai comigo? Ainda não comprei o pacote, dá pra fazer a reserva.

— O sonho é seu, Emi. Sinto muito, é uma fortuna que eu não gastaria nem no maior sonho da minha vida — disse ele, e de repente ficou muito sério. — Ainda tenho esperança que você desista desse pacote que é puro desperdício, dessa viagem sem sentido, agora que vamos nos concentrar em construir a nossa vida.

Emi tenta afastar os pedaços indesejáveis de uma história que já se acabou. Mas fica tudo voltando como um ardume de refluxo. *Por que tem que ficar tudo voltando feito comida velha, dando essa intoxicação?*

— Uma hora é bastante, mas não é a eternidade. Vamos nos sentar ali naquela mesa?

A mulher ergue um pacote de rosquinhas que deve ter comprado no café em frente e vai andando com segurança e postura até a pequena mesa de dois lugares. Emi a segue e se senta abraçando a mochila, recusando com a cabeça o gesto da mulher, que continua oferecendo uma rosquinha recheada. Com sua recusa, a mulher passa a comer, e só assim Emi vê que não há veneno.

A mulher vai tentar mais o quê?

Emi sente uma necessidade quase vital de se defender, de não ser julgada.

— Ouça, eu não teria me envolvido com o Victor caso sonhasse que ele não era solteiro. — Emi estranha a própria voz; está quase tão esganiçada quanto a do Pato Donald.

Aquela bonita mulher sabe que o seu marido a traiu com uma garota de vinte e poucos anos, que utilizou um medicamento para alcançar ereção e que sofreu um infarto por conta disso. O que mais Emi pode falar para ela agora? Seria decente de sua parte culpá-lo inteiramente e escapar do julgamento?

A verdade é que Emi não assiste a novelas, logo não sabe como uma mocinha deve se comportar quando sai com um homem casado e a esposa descobre. Se é que ela será a mocinha, afinal é um valor muito invertido contribuir para a destruição do casamento de um casal de meia-idade. Mas, se na trama ela acabaria sendo a mocinha, por que não aqui, na vida real? Novelas ensinam tudo errado.

Minha vida virou um drama televisivo, pondera.

Tem um breve sentimento de asco pelo evidente interesse da mulher em cada centímetro de seu rosto e sua expressão corporal. É como uma investigadora criminal registrando sinais inconscientes do interrogado para adicionar ao processo. Novelas de traição, seriados de punição. E Emi só quer voar para bem longe, pegar o controle remoto e trocar pelo canal de esportes.

Respirando fundo e tentando se equilibrar, ela murmura com a voz um pouco melhor:

— Ele me disse que era solteiro, e eu não duvidei.

A mulher bonita faz um gesto vago de "deixa-pra-lá" com a mão que ostenta uma aliança bicolor de ouro branco e amarelo, típica de bodas de prata.

Emi não entende o gesto e desvia o olhar daquela mão de unhas longas e bem-feitas. Será que ela é sempre tão bem cuidada e bonita? Ou faz bem ao seu ego aparecer diante da putinha de seu marido como alguém superior em cada detalhe? Emi se sente sufocar pela classe e altivez da senhora. Fica algum tempo assim, sufocada, sentindo o rosto quente num de seus rubores de quase verter sangue. Não tem mais nada a dizer, e fica esperando que a mulher lhe diga tudo o que está entalado em sua garganta casada e traída. Quanto ela já terá chorado, gritado com o marido infartado?

Gert sabia que Victor era um homem casado, e sabia que ele era psicopata. E tentou matá-lo! Emi não pode ficar mais vermelha ainda, mas tem medo de que a mulher possa ler seus pensamentos de novo. Quando você comete um erro por descuido ou por ingenuidade, o arrependimento é ainda maior do que do erro que se comete deliberadamente. Você se culpa pela própria inocência, porque ninguém que se acha tão esperto gosta de ter sido vítima de alguém mais esperto ainda.

VOCÊ SEMPRE PREFERE SER UM CULPADO REAL DO QUE SER ALGUÉM QUE FOI FEITO DE IDIOTA! #ANIME_UNIVERSE1418

16

Qual o nível de escândalo que acontecerá agora? A eletricidade suspensa no ar prossegue ameaçadora.

O embarque será dali a uma hora. Se pelo menos pudesse correr para o avião naquele instante e se enfiar lá dentro com um saco na cabeça...

Quando termina a rosquinha, a mulher bonita usa um guardanapo para os dedos e o canto dos lábios bem desenhados e protegidos por um batom nude meticulosamente escolhido para lhe conferir uma aparência distinta. O ato pode parecer simples, mas é significativo. Ela consegue adiar o que tem a dizer e saborear um doce. Está no controle e tem estômago para o episódio. Se acontecer um barraco, seja como for, a barraqueira não parecerá ser a distinta dama de *tailleur* e saltos elegantes. Será a putinha dissimulada com a cara vermelha.

— Emi, eu estou aqui pra te dar os parabéns — fala ela, animada, encarando a sua oponente. — Não é fácil parabenizar o vencedor num jogo, porque não é nada fácil perder. Mas eu não perderia a minha elegância num momento como este. Você entende de jogos e regras de jogos, é aficionada de competições de alto nível. Está indo acompanhar uma boa parte das Olimpíadas, não está? Então deve entender o que estou dizendo; que é muito feio quando o perdedor se revolta e se nega a apertar a mão do vencedor, xinga o juiz, reclama das condições e das regras, reclama até do clima para justificar o injustificável.

É uma serpente falando. Uma serpente sonserina em seu momento mais mórbido. E Emi não encontra palavra alguma para rebater. É impossível saber o que está por vir. Pelo menos estão sentadas e há a pequena mesa entre elas, então será um movimento e tanto se a mulher quiser atacar fisicamente. Emi não falará nada, não quer ouvir sua voz esganiçada de novo. Talvez a mulher esteja convencida de que ela realmente não sabe o que dizer, então seu sorriso vazio volta e seu olhar vazio também.

— Desde o começo, a gente soube que você não seria fácil, você tem muita coisa e muita gente te dando suporte. Quando a gente escolhe uma mulher, em geral é uma solitária vulnerável, solteira e com problemas de autoestima. Mas, sabe como é, com o passar do tempo, quando não existe mais nenhum desafio, a coisa fica desinteressante. Já fizemos de tudo que você possa imaginar. Sempre com mulheres, claro. Só uma vez que... Mas fica a dica, não se envolva com os não héteros, eles são carentes demais, e fica ainda mais fácil. Não sei se é sempre assim, mas foi a nossa experiência. Sabe, nunca tinha dado nada errado.

Ela dá algumas pausas sincopadas, que demonstram um raciocínio meio aos trancos. Pensamentos sobrepostos.

— Dessa vez ele vai levar um longo tempo para se recuperar. Pode ser que fique como novo, até onde seu corpo bem preparado e forte se regenere. Mas talvez ele fique com sequela na voz, ou em algum movimento. Isso é repulsivo, então pode ser que ele não vá poder voltar à ativa como caçador.

"Eu parei muito antes que ele. Eu não sentia mais a mesma explosão, e, se não era pra ser plenamente satisfeita, não precisava mais do sexo em si. Precisava só da diversão do *jogo*. Nessa etapa, a coisa foi ficando cada vez mais séria, porque só Victor saía para a caçada, e homens geralmente têm a natureza mais rude. Nós perdemos um pouco da sutileza como time, mas no geral era satisfatório."

Prendendo o fôlego, Emi encara a mulher, mas não sente mais as faces quentes. Deve estar alcançando uma cor bem pálida agora. Imagina se a mulher é mesmo cúmplice do marido, ou se está apenas evitando a humilhação. Ouvir o que ela diz e não conseguir decifrar nada direito a deixa com a forte sensação de ser muito imatura para o que está acontecendo. A sensação não é nada boa. Mas a mulher não lhe dá chance alguma para uma reação e continua a falar como se fosse um assunto comum:

— Sem nem saber, pode ser que você tenha nos vencido definitivamente, e por isso eu vim te dar os parabéns. Você jogou o jogo, entregou todas as suas fichas, deixou que ele abusasse de você, e isso é uma verdade, ele só abusou porque *você* permitiu. *Você* deixou que ele usasse todo o talento que adquiriu nesses anos, mas ainda assim você o mantinha em segundo plano. Isso feriu o ego dele. Muito.

"Eu falei que você não ia desistir da viagem a Tóquio. Talvez por causa das Olimpíadas; era uma data muito marcante e única, não era somente turismo; era sua paixão, num evento que não iria se repetir. Não é possível adiar essas datas, infelizmente.

"Ele se esforçou, precisou quebrar umas regras, apressar. Na afobação a coisa não dá certo. E ele ficou no impasse de tentar algo mais forte, mas não queria te assustar a ponto de perder o controle e você fugir, deixando de ser nossa jogadora. Porque a gente joga, a gente não é gladiador. Então você não corria o risco de ser espancada. Não gravemente."

Ela tem alguma reação na fisionomia, mas logo fica gélida de novo, antes de Emi começar a decifrar os seus traços.

— Quando a gente estava discutindo esse momento do jogo, ele teve a ideia imbecil de tomar dois comprimidos, e eu ainda não descobri o que ele pretendia com uma besteira dessa. E então você venceu. — Ela fica com os lábios apertados por um instante, e respira fundo, os olhos brilhando com desprezo como se falasse com um verme. — Venceu sem mérito, mas venceu. Nem descobriu que estava jogando, e só fez abrir as pernas.

"Não se engane, Emi Lins, é evidente que eu te odeio. Gostaria de te matar com as minhas próprias mãos agora mesmo. A vida é curta e a gente se desgasta, apenas não estávamos prontos pra parar o jogo. Ele já precisava até usar Viagra pra dar conta de você! Ele não gostava disso. Mas, como sexo era o fator em que você ainda é bem ingênua, foi onde ele precisou atacar de forma mais agressiva e envolvente pra não te deixar escapar. Era o *seu* ponto fraco. E acabou sendo a fraqueza *dele*."

Emi sente náuseas. Se tivesse comido a rosquinha recheada, seria impossível mantê-la dentro de seu corpo. A desenvoltura com que a bonita mulher fala todas essas coisas é opressora. Ela se sente doente. Não esteve nas mãos de um psicopata, mas de dois! Um casal de loucos aproveitadores.

— Eu só queria... — Emi fala baixo, atordoada, sem saber se sente medo ou repulsa, se ainda corre algum perigo real com aquelas pessoas malignas em seu encalço.

Apesar de tudo o que vem falando, a mulher não se altera, e a contenção a deixa ainda mais assustadora. "Imagine-se no campo quando a guerra acaba, contando corpos. O conflito acabou, o silêncio é total, e agora o fedor da putrefação chega a ser pior do que o calor da batalha, momento em que a adrenalina está a mil." Queria falar aquilo para a mulher para ela saber como tinha se sentido cada uma de suas vítimas depois que o seu jogo acabava.

Ela continuará com aquela pose sabendo que cheira à putrefação? Mas não encontra forças para sequer acabar a sua frase. Junta todas as forças para não deixar que um só movimento da mulher lhe escape. Se ela tentar algo, se estiver armada... Não pensa que ela sacaria um revólver da bolsa e lhe daria um tiro barulhento para ser presa. É mais a cara dela lhe desferir um golpe discreto, com uma faca, a deixar ali sangrando e ir embora com a mesma calma e o mesmo sorriso de estátua.

— Sabe qual é a melhor coisa do mundo? É encontrar alguém e viver a experiência, ultrapassar todos os limites. As prioridades mudaram desde que a gente conheceu você. Foi um tapa na cara. Tenho que limpar até a baba dele agora. Mas isso vai passar. Ele está trabalhando muito intensamente na reabilitação.

"Eu vou te deixar ir em paz pra sua viagem. Não sou injusta e reconheço que você não sabia que ele usava os comprimidos. Se você soubesse, e tivesse permitido que ele sofresse esse problema, aí eu não te perdoaria. E a gente não ia estar aqui batendo esse papo, porque você já estaria enterrada!"

— E depois da minha viagem?

Emi sente vontade de chorar, mas segura. Sua voz está arruinada desde o início, então não soa diferente.

— Depois você não vai mais existir no meu mundo. Se Victor estará de volta à ativa, para novos jogos, vai depender da garra dele. E ele tem, de sobra. Mas você é página virada. Um troféu que não se ganha significa bola pra frente. Outros campeonatos virão. Ah, que desagradável ter que falar nos termos que você entende. Não será esquecida porque foi a única que ganhou. E siga este conselho: nunca esqueça também. Evite a todo custo topar com a gente de novo.

Por pouco, Emi não responde: "sim, senhora". Mas fica ali, abraçada à mochila, imóvel. A mulher tem um ricto de desdém no canto da boca, satisfeita por Emi não conseguir esboçar reação alguma, totalmente vencida.

— Quem era você antes do jogo, além de uma nerd sem sal e sem açúcar, com casa própria e um emprego que ocupa toda a sua existência? Vinte e poucos anos, e com uma vida tão excitante quanto a de um pai de família de meia-idade. Impostos a pagar, a amizade de um velho que cheira à terra, como se já estivesse enterrado.

"Sem namorados, nem qualquer homem interessado o bastante para ter te ensinado algumas coisas antes? Digamos que o seu prêmio pela vitória é este: você despertou, viveu coisas que jamais poderá viver de novo, de volta à pasmaceira de sua pequena vida de menina protegida. Nunca mais vamos nos ver, e você pode viver sua vidinha medíocre. Feliz?"

— Eu só queria alguém que me fizesse rir...

Emi não gosta muito de comediantes "torta-na-cara". Ela prefere sutileza. Ela sonha com um amor, sim. Sonha com alguém que seja divertido, apesar de toda a dureza da vida, alguém que ria da própria desgraça e que a faça rir quando alguma coisa esteja doendo. É tão simples...

A mulher bonita se levanta e arruma a bolsa cara no ombro, mais um item de seu estereótipo cuidadosamente montado para pairar acima de quem é comum. Passa a mão pelos cabelos curtos, e esse é o único movimento que denota leve desequilíbrio emocional, uma pequena rachadura na máscara.

— Da próxima vez, vá para o circo.

OLHAR DE PERTO O ABISMO, COM UM PÉ NELE E O OUTRO NA CASCA DE BANANA, SÓ VALE A PENA SE VOCÊ TIVER UMA CORDA SALVA-VIDAS BEM ATADA À CINTURA PARA TE PUXAR PARA TRÁS NA HORA DA QUEDA. ISSO VALE PARA QUANDO VOCÊ ESTÁ TANTO NA DEFENSIVA QUANTO NA OFENSIVA. QUEM TEM RETAGUARDA SE SALVA. #ANIME_UNIVERSE1418

17

Quando Emi se vê pisando no assoalho do avião, é como se já não estivesse no seu mundo. Precisa muito levantar voo logo e ir para o mais longe possível dali. E ela vai. Graças a Deus ela vai para o lugar mais longe do mundo! O alívio até dói, e o tremor não passa de suas mãos úmidas.

Ao seu lado, senta-se uma senhora recatada, que mal lhe oferece um breve sorriso às vezes. Não trocam uma só palavra, e ela não sabe se a senhora fala português ou apenas japonês. Emi se enfronha na leitura do livro *Memorial do Convento*, escolha minuciosa de um texto português para ser seu companheiro de viagem enquanto sabe que sua língua mãe se distancia. E Saramago será diversão garantida para os momentos de solidão e espera entre um evento e outro. Baltasar ama Blimunda, que ama Baltasar. O mais importante de tudo é haver uma história de amor no meio de toda essa tragédia de perdas, dores e trabalhos extenuantes que resultou no Convento de Mafra, destino que Emi tem em sua lista de lugares a conhecer antes de morrer.

Sempre tem que ter uma história de amor.

Evelin e Lorraine também são fãs de esportes e de livros. E as únicas malucas a querer ir às Olimpíadas com ela. A experiência dos jogos no Rio foi incrível, elas aproveitaram bastante e não se arrependiam de ter colocado ali um dinheiro considerável na época. O Rio é uma cidade belíssima, e tudo o que cartões postais, programas de TV e revistas de viagem mostram não faz justiça. As três amigas voltaram felizes, tostadas de sol e com muita história registrada em foto, *hashtags*, prosa e verso.

Atualmente, Lorraine encontrou a sua cara-metade, está namorando há mais de dois anos e não faz nada sem o namorado, um engenheiro que tem dinheiro para uma viagem, mas também tem os pés muito no chão para se jogar numa aventura daquelas. Eles estão no momento juntando fundos para investir num apartamento. A relação está séria, já sonham até com filhos. Emi foi honrada com o precoce convite para ser madrinha do casamento junto com Evelin. Lorraine apenas não sabe ainda quem serão os padrinhos, se as amigas encontrarão nesse meio-tempo seus respectivos amores, ou se ela terá a liberdade de chamar seus primos de Pomerode para acompanhá-las. Pelo menos as fotos serão iguais às de uma campanha publicitária, com aqueles belos brutamontes loiros de olhos azuis que devem ser hoje exatamente como foi Gert no passado.

E ela se lembra de uma conversa entre as três amigas:

— Emi, amore... Acho que, mesmo sozinha, você não pode perder essa chance. Afinal, é a chance de encontrar um grande, um imenso amor pra ser meu padrinho! Meu primo Laerte, o seu par, é um osso duro de roer. Briguei com ele da última vez, e não teve essa de fazer as pazes até agora. Ele é lindo, mas é um belo de um caipira. Quem sabe, se você voltar do Japão com um grande amor...

— Como assim, voltar com um grande amor? Credo, Lorraine! — Elas riram fazendo careta. — Você fala como se eu fosse achar um homem numa prateleira de supermercado. Não está nem em último lugar na minha lista do que fazer em Tóquio!

— E por que não? Pensei que se tivesse esse interesse em particular ia se animar mais com a viagem. Imagina, vai estar sozinha... livre pra caçar!

Lorraine lhe disse, quando acabaram a pesquisa dos hotéis, ginásios e jogos, o que se fazer e o que não se fazer em Tóquio. Emi não estava nem um pouco entusiasmada com amores, principalmente os grandes e imensos. Aquelas palavras totalitárias entravam marchando feito soldados de coturno em seus ouvidos. Não, por favor! Não naquele momento. Era óbvio que ela não acharia o verdadeiro amor em apenas duas semanas. Ela não era boa em conquistar alguém assim tão rápido! Ninguém olha para ela desse jeito, de repente. Leva tempo para ser notada.

Bem, de certa forma isso aconteceu uma vez, sim... e foi o maior desastre que se abateu sobre a sua vida! Então, não, muito obrigada, nada de amores arrebatadores em apenas duas semanas.

Emi nunca teve nenhuma dúvida de que queria ir a Tóquio até o suposto grande amor começar a insistir que desistisse. Ele nunca parou de insistir, e, mesmo que ela prosseguisse firme, ele usava de tantos argumentos lógicos e infalíveis que ela estava começando a achar aquela viagem uma besteira egoísta da sua parte. Tinha murchado feito planta sem água mesmo quando já estava tudo preparado. Nos últimos dias, quando alguém falava dos preparativos, ela ficava com vergonha e sofria demais sem poder falar o que estava acontecendo. Era Victor jogando com sua mulher de *tailleur* e saltos. E Emi se rasgando por dentro, sem saber que era apenas uma peça num tabuleiro.

Ir a Tóquio era seu maior sonho, mas era tão irreal e inatingível que, agora que realmente ia acontecer, tinha alguma coisa errada.

— Eu sei o que está errado, Emi. — Lorraine a encarou muito séria. — Você está se boicotando! Como se sentisse alguma culpa. Culpa de quê? Veja o quanto você se dedicou todo esse tempo! Se alguém merece essa viagem, é você. Não tenha medo de colher os frutos do seu trabalho. Se você plantou, merece saborear tudo isso agora.

A imagem de Victor invadiu a sua mente naquele momento: "Então, quando eu voltar de Tóquio, quem sabe podemos repensar a nossa relação, bonitão. Você nunca tinha me falado que me ama. Ouvi até a marcha nupcial agora".

Victor havia até lhe dado um presente de aniversário em dinheiro para que ela torrasse na terra do sol nascente. Era só uma isca para a puxar de volta depois. Ela sempre tentava trazer um pouco de humor para poderem sorrir, pelo menos. Mas ele era duro.

— Tem que aproveitar que não tem um noivo e não tem que compartilhar os sonhos, adaptar os desejos e dividir as contas. Você é tão livre! Não pode desistir depois de quatro anos estudando japonês. Foi na festa de encerramento dos jogos do Rio que você falou que ia se preparar para Tóquio, e você fez isso. Amiga... não pode desistir agora!

— Eu sei, Lô... — respondeu Emi, reticente, com lembranças toscas de Victor na cabeça. — Se eu não for, vou me arrepender todos os dias da minha vida. É o meu momento. Vou fazer vinte e cinco anos lá e festejar num dia de vôlei, com vocês nas redes sociais!

— Santas redes, amore. Vamos curtir tudo juntas, apesar de um pouco longe.

— Um pouco longe? — perguntou Evelin da cama em que estava recostada lixando as unhas.

Ela não argumentava muito com as amigas. Para ela, tudo estava sempre quase bom, e jamais iria falar a alguém: faça isso ou aquilo. Se Emi desistisse, ela não acharia nada de mais.

— Emi, só você gosta daquela comida crua. Não pode cobrar isso da gente.

— Nossa, é verdade. Por aquela comida eu vou até o fim do mundo!

— Literalmente! — arrematou Evelin, e voltou para as suas unhas.

Emi e Lorraine riram e evitaram se encarar para que diante de seus olhos não passasse o filme desagradável. A única vez que haviam brigado. Emi queria guardar um segredo, queria esconder alguma coisa, e não estar disposta a dividir algo relevante de sua vida fizera Lorraine ficar muito brava, acusando-a de não confiar nas pessoas que mais lhe davam suporte.

Lorraine se lembrava da briga que travaram na estufa da cobertura do Vô Gert. Fora ele que descobrira o apartamento à venda no andar sob seus pés e dera o recado à neta. "Sua amiga que está procurando imóvel, aquela japa, fale a ela que pode ser minha vizinha." Nunca entrou na cabeça dele que aquela moça não era japonesa.

Evelin se levantou e falou que ia ao banheiro e depois buscar um chá gelado. Alguém queria?

Uma vez sozinhas, Emi encarou Lorraine.

— Eu não te contei porque nem eu sabia direito o que estava acontecendo — falou à guisa de desculpa, e a amiga revirou os olhos. — Foi uma fase meio confusa, Lô. E agora não vou pensar nisso.

— Deixa pra lá. Já passou. Quando eu me apaixono, tenho que falar pra Deus e o mundo. Você não é muito boa nisso. Eu só peço que tire esse homem da cabeça esses dias. Esse namoro não te deixa feliz. Olha a sua cara! Você devia é desistir desse cara, vocês nem são namorados de verdade, só estão de casinho há meses, mas não atam nem desatam.

Emi chegou a puxar o fôlego para falar, mas se calou. Lorraine não sabia quase nada sobre o psicopata, o câncer. E também não sabia que não havia mais nada ali. Totalmente expurgado pela quimioterapia. Sem metástase.

Agora ela se pergunta se não restou nada mesmo. Antes ela foi castigada por uma culpa esmagadora, por ter sido o pivô da traição a uma esposa inocente. Mas a figura da pobre mulher alquebrada pela dor do erro do marido não é mais uma imagem real. Antes de embarcar, aquela mulher horrenda ter lhe dado os parabéns e ter confessado que havia feito Emi de joguete em uma fantasia inconsequente com o parceiro, ambos loucos e mórbidos, dissipou do coração dela qualquer sensação de culpa em relação ao fato de ele ter mentido sobre ser solteiro.

Não há culpa em relação a outras pessoas, mas em relação a si mesma; sim, há algo bem desconfortável. Apesar de não se achar uma santa, não se sente merecedora de uma carga tão negativa. Sabe que ainda terá que lidar com o asco, com os calafrios e com a sensação de ter sido usada.

Emi é apenas uma garota em busca de alguém que a faça rir. Ela só quer a leveza de ter alguém para andar de mãos dadas, tomar sorvete, esquentar ao sol. Agora percebe que, no fundo, é tão inexperiente que um homem cheio de artimanhas de sedução fez dela uma espécie de personagem desses contos de fantasias sexuais que ela acreditava que só enganavam adolescentes.

Ela se sente corar violentamente e se encolhe, grata por viajar ao lado de uma senhorinha que dorme o tempo todo. Fica pensando em Lorraine e em Evelin, em como são diferentes. Lorraine é intensa, Evelin é superficial. Elas são muito próximas, suas personalidades se encaixam muito bem. Não é ciumenta, mas às vezes vê algo nelas duas que vai além da amizade que lhe oferecem. Há mais química entre elas do que com Emi, como se fossem irmãs, e Emi apenas a prima que aparece aos finais de semana. Ela é bem mais próxima de Gert. Ele, sim, é um senhor parceiro de crime!

Às vezes, tudo o que você pode fazer é poupar as pessoas de alguns fatos. Mesmo que elas não saibam que você as está protegendo e o acusem, ainda assim é melhor do que deixar que uma sombra feia as atinja. Amigos de verdade não cobram por mal, e logo perdoam alguma lacuna. É a natureza de uma amizade saudável.

De qualquer forma, Emi não estava fugindo, ou estava? Era outro sentimento. Não era correr *de*, era correr *para*. Havia uma esperança de que naquela viagem ela encontraria algo que valesse a pena nessa vida tão estúpida. Então, cheia de coragem, ela respirou diante da tela do computador e clicou em "sim" para comprar o pacote completo, que chegava a incluir uma seção de massagem e um mergulho em águas termais em Shibuya. Um pacote para apenas uma pessoa, quase no limite das datas. Se hesitasse mais um dia, perderia a chance.

Ela abraçou Lorraine e agradeceu pela força. É muito importante ter alguém para ajudar e estender a mão quando você cai. E é melhor ainda quando essa pessoa acaba desistindo de saber dos detalhes, dando-lhe tempo para refletir.

Quando chega a hora, tudo se explica, tudo se encaixa. Amizade de verdade respeita o espaço e o tempo do outro.

Emi tenta dormir e, quando adormece, é um sono de várias horas, tanto que chega a se sentir desnorteada ao despertar.

A senhorinha ao seu lado dorme também. Sente-se muito estranha depois desse sono sem sonhos e sem sobressaltos. É um misterioso hiato na sua consciência.

Pensa que talvez tenha atravessado o limite de onde o mundo fica de ponta-cabeça e agora tudo será invertido. Imagina que, de alguma forma, o limite do mundo se protege das descobertas humanas, e todos devem ter adormecido na travessia. Sorri para si mesma e seus devaneios. Mas devanear é necessário, senão a vida fica chata.

Evelin certa vez explicou um sentimento semelhante:

— Esse é um momento Moisés.

— Momento Moisés? O que é isso? — perguntou Emi.

Lorraine tomou a palavra, pois já conhecia a resposta:

— Momento Moisés é um divisor de águas.

Emi precisa muito acreditar que seja essa a sua resposta. Atravessado aquele mar, o passado deve ficar lá atrás, e quem ousar segui-la será afogado igual ao exército egípcio!

18

Quando finalmente desembarca no aeroporto de Haneda, Emi se junta novamente à mala de oncinha e vão desbravar o mundo de cabeça para baixo para lá das águas e das ondas de tempo e espaço.

Sai em busca de seu táxi limusine agendado, onde o motorista formal, paramentado até de luvas brancas, segura uma placa escrito “Emi Lins” em letras que denotam dificuldade em escrever no alfabeto ocidental. E em letras japonesas, logo abaixo, seu destino, o Hotel Shibuya Tobu, que Emi lê com facilidade e sente orgulho de si mesma.

Estranhamente, ela não se sente de cabeça para baixo, mas existe, sim, algo invertido, distorcido em seu ser. Pudera, um dia e quatro horas viajando! Ela está quadrada e amassada, no formato do assento. Deseja o quanto antes tomar um banho e mudar de roupa por algo mais leve. Na mochila às costas, o *Memorial do Convento* a seduz com seu português extremamente bem escrito, em sua cabeça treina japonês e reza para que não leve grandes sustos na hora de se comunicar. É sua primeira vez em situação real, e começa simplesmente sentindo muito calor no verão oriental.

Ela decide que vai se orgulhar de si mesma, e não terá tempo de se sentir um trapo com profunda vergonha por ter sido tão idiota nas mãos de pervertidos que usaram e abusaram de seu corpo e de sua alma. Só se questiona se Victor mereceu o castigo, ou foi demasiado? Sua esposa parecia ser pior que ele. Seria ele só um fantoche da mulher, a verdadeira criatura do mal?

Emi se ajeita no táxi e respira fundo. Não estar conversando qualquer coisa com alguém faz sua cabeça voltar e tentar racionalizar, organizar os eventos passados, como se o inimigo tivesse sido parado pela divisão das águas, mas a lembrança de seus ataques ainda doessem na pele marcada daquele Moisés.

— Passado, fique no passado… — murmura fechando os olhos, e busca de propósito um momento específico da história que, se ela puder ver com mais clareza, talvez se dilua, resolvida de uma vez por todas.

Evitar os eventos só está fazendo com que tudo volte e volte em um *loop* infinito.

— O que pode ser considerado demasiado para tirar um psicopata da sua vida? Nada! Nada é de mais, e vale tudo — Gert lhe perguntou e respondeu em tom áspero. — O que está feito, está feito. E, agora que tudo se acabou, eu vou te pedir que fale, em voz alta, aqui e agora, do que você se livrou.

Emi encolheu as pernas e abraçou os joelhos sobre a desbotada poltrona florida colocada entre vasos de especiarias aromáticas, na estufa da cobertura. Era um ambiente único, o importante era o bem-estar das plantas, logo não se poderia chamar de jardim encantado. Gert observava atento cada galhinho, cada casquinha, com uma tesoura na mão. Alguns cortes ele fazia caprichosamente na diagonal, outros retos, sempre usando os dedos como unidade de medida, e ia depositando gentilmente cada item num pote de cerâmica de borda lascada.

E agora Emi chega a rememorar os aromas dos galhinhos cortados.

— O que você quer que eu diga? — Emi queria mesmo desabafar. E Gert era o seu único ouvinte naquele assunto. — Bem… cada tese médica que eu li sobre aqueles desvios mentais indicava que o Victor era muito perigoso. É quase ridículo como ele segue à risca a cartilha da loucura. Eu passei a sentir muito medo dele. Ele percebeu que eu não estava mais com tanta disponibilidade pra ficar à vontade com ele, e isso o enfureceu. Ele achou que era porque a viagem estava chegando, de modo que meu interesse estivesse se desviando dele por causa das Olimpíadas e por causa de Tóquio, que eu adoro desde criança. Enfim, ele não queria competir com coisas assim, esportes, viagens... Era muito amplo. Então ele atacou tudo o que podia.

— Descreva "tudo o que podia". — Gert olhava para ela com os olhos claros aumentados pelas lentes fortes. Emi se encolheu. Ele repetiu: — Descreva "tudo o que podia".

— Victor nunca me agrediu fisicamente, não com espancamento. Mas eu tenho certeza que ele me estuprou. Não foi sexo sem consentimento... Então não seria tratado como estupro. É difícil de explicar, Gert. Ele me machucou de propósito. Mais de uma vez. Antes de saber que ele era louco, eu já tinha passado por isso com ele, mas achei que era porque ele era louco por mim, que estava tão apaixonado que exagerava um pouco... Só que depois que eu tive certeza de que ele era apenas louco, eu ficava apavorada... — Ela teve um calafrio. — Gert, não é fácil falar disso com você.

— Pode falar do que quiser comigo. Eu já sou muito velho e não tomo comprimidos azuis. Nada do que você me fale vai me fazer te olhar como mulher. Então não precisa ter vergonha. Já faz tempo que isso pra mim é indiferente, e eu não tenho problema nenhum com isso. Não vou ser um velho idiota que depois de anos sem funcionar ainda tem que ficar babando em meninas pra se autoafirmar.

Gert deixou a tesoura na bancada de madeira rústica e se abaixou, procurando alguma coisa dentro de uma caixa de cadernos velhos, papéis manchados e livros de botânica e medicina alternativa. Do fundo, pegou uma pasta fina, encardida e sem nenhum atrativo.

— Emi, minha amiga... Eu roubei isso dele. É uma cópia, o original eu devolvi sem que ele sentisse falta. Estava no cofre da academia. Eu tive muita sorte de conseguir isso.

Abaixou-se perto dela, entregou-a na mão de Emi e desceu para sua cozinha-laboratório, deixando-a sozinha na estufa cheirosa de alecrim recém-cortado.

Emi abriu a pasta e estudou cada detalhe contido ali.

Quando desceu, estava com o rosto inchado de tanto chorar. Não era o que poderia chamar de dossiê, mas tinha muita coerência, provas e comprovantes, e ali havia a história das relações abusivas de Victor com Keiko. Tinha uma foto da mulher que se parecia com Emi, de certa forma, era apenas bem mais velha, e era japonesa. Era muito pervertido tudo o que ele dizia dela. Soava como as confissões de alguém que precisa se reportar a outro alguém que é exigente e meticuloso.

Na época, Emi não sabia que ele possivelmente estaria anotando aquilo para se reportar à mulher que avaliava o jogo e as jogadas.

Keiko estava morta. Suicídio. Ela realmente havia se matado! A única segurança que Emi teve durante aquele tempo de que Victor não a mataria era a de que ele sentia prazer em conseguir levar uma mulher ao limite, e não fazia isso com as próprias mãos. Não, ele não era um assassino, era um jogador, e seu jogo era levar sua vítima ao desespero e aí analisar até onde o desespero chegava, até onde podia ir, até onde ele podia interferir para que ficasse pior e pior.

Como ele podia deixar assim, num cofre destrancado, numa academia, as confissões comprometedoras de ter induzido uma pessoa ao suicídio? Estaria ele querendo ser pego? Seria um pedido de ajuda? Seria ele uma vítima do poder de dominação da esposa?

Fosse como fosse, se ele tivesse caído morto, seria um alívio. Era patético, e de causar pena.

O vilão sempre perde o tempo que lhe resta contando meticulosamente sobre o seu plano infalível. É o calcanhar de Aquiles dos vilões. Eles são reféns da adoração de si próprios. Também são reféns da vaidade. Essa faceta faz deles inimigos de si mesmos, pois eles sempre confessam seus crimes.

— Gert! — Em prantos, Emi correu até onde ele estava, na beira do fogão, e o atacou, esmurrando seu peito. Ele a apertou com os braços e a imobilizou. Ela falou, meio abafada pela blusa dele: — Você deixou que ele continuasse me matando aos poucos e não fez nada!

— Eu fiz. Eu te fiz ver quem ele era. Mas você não podia saber que ele já era responsável pela morte de uma mulher, senão o seu pânico ia te colocar em mais perigo ainda. Uma mulher apaixonada sempre acusa de muita coisa ruim quem a alerta contra o seu homem. Ela é quem tem que ver o que ele é. E de tanto que eu não sabia mais como fazer isso, e de tão desesperado... Eu resolvi tirar ele da sua vida a qualquer custo.

"Na minha cabeça, ele iria cair morto e eu poderia te acompanhar aos serviços fúnebres, e lá você veria que ele era casado, e que você não passava de um passatempo para ele. De tanta raiva, você o odiaria mesmo morto e em pouco tempo ia esquecer. Um monte de variantes mudou o desfecho. Não planejei deixar que você soubesse da pessoa que perdeu a vida. Não planejei uma dose que o deixasse infartado. Tentei por meses que você largasse dele, te mostrando que ele era demente! Mas você não se decidia logo, minha Nossa Senhora! Eu precisei acelerar as coisas."

Emi foi até o outro lado da cozinha e, antes de sair correndo dali, apontou o dedo para Gert:

— Você me usou!

Gert não sabia do caso da esposa cúmplice. Caso soubesse, perderia a fé na humanidade. E iria preparar um chazinho para ela também.

Emi dá um longo suspiro. Não é a primeira vez que viaja sozinha nem a primeira vez que conhece um país diferente sozinha. Da vez anterior, foi um intercâmbio no Canadá para aprimorar o inglês. Seu pai lhe deu como presente de dezoito anos. E para retribuir o presente, assim que ela retornou, conseguiu o primeiro emprego na área de comércio exterior numa multinacional e em poucos meses conseguiu comprar o seu primeiro carro, uma lata-velha da Ford que ainda hoje é motivo de piadas. Mas faz parte da vida de todo mundo começar por uma lata-velha. Dá autenticidade aos esforços para se conquistar um lugar ao sol.

Em dado momento, por mais que os pensamentos estivessem altos dentro de sua cabeça, fica intrigada com a música que o motorista ouve bem baixo, algumas palavras cantadas com um inglês tão bem pronunciado lhe chamam a atenção sem ela saber o motivo. Pergunta-lhe o que ele está ouvindo, e o taxista se desculpa, perguntando se prefere que ele desligue. Emi responde que não, pois está achando bastante interessante. O motorista explica ser sua banda britânica predileta, chamada Gentle Giant. Ela busca rapidamente no aplicativo do celular e vê pela breve pesquisa que se trata de uma banda de rock progressivo, ativa entre os anos de 1970 e 1980, sendo uma banda conhecida pela complexidade e sofisticação de sua música.

Enquanto olha para fora pela janela lateral, vê as paisagens tão conhecidas pelos livros, internet, filmes e seriados, e as músicas intrincadas da banda, que soam mesmo como algo bem *setentão,* fazem a trilha sonora perfeita: algo inquietante e sem a intenção de te deixar confortável. É instigante e provocativo a cada compasso. Grava o nome no Spotify e já monta uma boa lista para acompanhar suas caminhadas, um trabalho extraordinário e muito melodioso chamado *Three Friends.* Canções britânicas progressivas de repente têm a cara de Tóquio e a trazem ao aqui e agora, onde devia estar.

Dizem que todo mundo tem esqueletos no armário. Ela também tem.

Falar japonês era uma meta sua, em nada relacionada à vida profissional, no entanto sua chefe já sinalizava que ela poderá abrir uma nova perspectiva na empresa, visto que o idioma é um diferencial. A mulher ficou admirada por Emi nunca ter mencionado aquela capacidade, que é desejável e por meio da qual poderá ganhar muito mais. Emi jamais relacionou seu interesse por Tóquio a nada que não estivesse carinhosamente ligado às suas ra*ízes*.

Mas, quando retornar, certamente será um belo avanço passar a falar japonês profissionalmente e ganhar pilhas de dinheiro. Não se dedicou o bastante para se tornar fluente à toa. Está na hora de ficar rica, e na primeira curta viagem a bordo de uma limusine não está desconfortável, muito pelo contrário. Seus pensamentos megalomaníacos fazem seus lábios se erguerem em um sorriso bobo sem que ela perceba. Deve estar se embriagando pelo cheiro dos assentos de couro polido. Nada mal para quem saiu de um Ford queimando óleo e chegou ao pequenino ninja cor de laranja. Não vê a hora de fazer longos áudios para seus velhos pais, falando todas essas bobagens. Eles ficarão deliciados.

Seu fascínio pela cultura nipônica abrange desde a culinária, a música pop, o cinema e as séries até o anime que ela ainda assiste repetidas vezes para se familiarizar com a entonação. Ela só espera não falar dramaticamente como uma personagem. É um bom *hobby*, pois não deixa de ser um grande desafio, agora com chances de ser recompensado.

E a viagem é a coroação de seus esforços. Assim que a mochila pesada e a mala de oncinha forem guardadas na suíte e ela puder colocar os pés para fora, pelas ruas que via nos seriados de TV desde criança, ela tem certeza de que será algo além de um mero passeio. Será certamente como voltar para as raízes: uma infância nebulosa e distante como todas devem ser, porém com pontos nítidos, feito as ilustrações de um livro nas mãos de uma criança que ainda não sabe ler. Ela vê a figura e ali se demora, porque as páginas escritas ainda não são comunicação para ela. É assim que sua infância se comunica com ela, por janelas de ilustração abertas, e a tônica dessas aquarelas é a beleza das cerejeiras e das carpas dos riachinhos.

O MELHOR HOBBY É AQUELE QUE SE TORNA SUA PROFISSÃO.
#SOMAISUMAFRASE

19

Emi sente devagarzinho uma onda morna de emoção a tomar, sua garganta se aperta e ela se conscientiza de que está realizando o seu sonho. Já é realidade. Ela não se deixou anular, não se permitiu abandonar o leme do barco. Tiraram o brilho dos seus olhos, mas não arrancaram suas pernas! A sensação de mundo ao contrário às vezes a invade de novo quando presta atenção ao trânsito. Alice através do espelho, trânsito de mão inglesa, Emi de ponta-cabeça.

Ela sente uma lágrima quente escorrer pelo rosto. Mal pode acreditar que agora está ali, livre. Mas a que custo? O custo foi severamente alto para os seus agressores, mas não era nada perto do que custou à Keiko. Pobre coitada que não conseguiu discernir a realidade e abriu mão da própria existência apenas para fazer aquela dor parar. As palavras sibiladas da mulher ainda a arrepiam de repulsa: "Já fizemos de tudo que você possa imaginar". Isso inclui assassinato? Pode ser considerado assassino alguém que obriga ou incentiva o outro a se matar? Será que Emi correu risco real de vida no aeroporto?

Ela pega o celular e se fotografa no banco de couro da limusine, posta a foto depois de trabalhar cada detalhe nos filtros mais diversos. A imagem fica radiante e não parece condizente com a frase descritiva. Mas seus seguidores já estão habituados à desconexão da imagem e das palavras.

QUANDO OS ALARMES DE PERIGO SOAREM NA SUA CABEÇA, NÃO OS IGNORE!
#TOKIO2020 #OLIMPICGAMES #GENTLEGIANT #SUMMERTIME

20

DIA 1

O verão japonês é quente como o verão brasileiro, mas com algumas peculiaridades que os distinguem. Ciente disso, Emi colocou na mala roupas bem adequadas, ora pensando nas idas quase diárias a eventos esportivos, ora pensando nos recantos mais elegantes que veria em Shibuya, distrito onde os homens usam ternos e as mulheres, saltos altos. Não tem certeza, mas, pelo visto, é o lugar das pessoas mais elegantes de toda a Tóquio, talvez do Japão.

Não tem qualquer dificuldade com o táxi ou com o check-in. Talvez sua única dificuldade seja segurar a ansiedade e a vontade de tagarelar com a recepcionista para mostrar a ela e a si mesma o quanto consegue se comunicar. Pelo seu porte e pelo seu nome, certamente todos julgarão que seja descendente, logo ninguém se admirará de ela falar japonês. Apenas ela sabe que isso é uma façanha.

Ela alterna momentos depressivos quase asfixiantes e momentos de euforia. A Emi do passado carrega cadáveres nos ombros, a Emi japonesa é leve como um pássaro. Ela só alcançará a cura quando as duas Emi convergirem. Quando uma parar de chorar, e a outra parar de saltitar. Porque, na verdade, nenhuma delas é ela mesma. Dentro de si há alguma Emi a ser resgatada, a emergir das cinzas.

O quarto e o banheiro parecem um pouco menores em relação às fotos do site, o que não a espanta, porque fotos de hotéis são sempre panorâmicas e não correspondem às dimensões reais. Mas é limpo, claro, a cama espaçosa, banheiro compacto e sem marcas de bolor. Melhor do que muitos que ela já usou.

O hotel fica numa esquina e tem discretos jardins emoldurando a calçada. Revestido de tijolos vermelhos, no andar térreo tem toldos amarelos que dão um toque solar de calor e o fazem acolhedor. Emi fica olhando pela vidraça se sentindo estranhamente em casa. Ela nunca foi um espírito rebelde que se incomoda com o local onde precisa estar, sempre se adapta. E este local é a sua escolha, não poderia estar se sentindo mais confortável.

O Estádio Olímpico de Tóquio dista dali trinta e sete minutos de caminhada. O sábio Google lhe deu o mapa com exatidão. Ela adora caminhar longamente, então é perfeito. E se um dia estiver chovendo, já sabe onde e como usar o transporte público.

Só pega o carro para o trabalho no dia da semana que vai para Alphaville, e esse é o dia elegante de trajar vestidos impecáveis e saltos altos, maquiagem completa e cabelos presos. Na bonachona Mooca, ela caminha quase meia hora para o escritório, e ter a facilidade de morar tão próximo da empresa lhe dá a desculpa perfeita para não usar saltos altos e ir sempre de tênis. Em dia de reunião mais relevante, ela leva os saltos na bolsa para mais tarde.

Caminha sempre que pode, é bom para organizar as ideias. E, ao ritmo de Gentle Giant em seus fones de ouvido, ela poderá dançar pelas ruas iluminadas e impactantes de Shibuya.

Saramago se vê depositado na cabeceira, junto com uma barra de chocolate para mais tarde. E Emi sai de cabelos lavados, com frescor de banho, um vestido jeans rodado na altura dos joelhos, tênis Nike modernos e coloridos e uma bolsa Capodarte pequena, de couro marrom e de alça longa, então a usa transversal no ombro. Ela tem pouco quadril e pouco busto, mas é proporcional ao resto do corpo e tem ótima postura. De óculos de sol, parece mesmo uma local. Não está elegante como quem vive e trabalha em Shibuya, mas também não faz tão feio como uma simples turista.

As pessoas ali são cosmopolitas e bonitas, exalam prosperidade, assim como em Alphaville. Um pequeno mundo irreal dentro de outro mundo, o de verdade. É como um cenário, como estar dentro de um filme no qual o elenco é cuidadosamente escolhido e uma equipe se encarrega do figurino, da fotografia. Apesar de tudo tão perfeito, nossos olhos se enganam e realmente acham que é real. Assim como em Alphaville, Emi se sente em casa ali. Apenas não poderia trazer na mala todo o figurino adequado.

Quando o torpor do fuso horário chegar, ela voltará para dormir, mas agora se sente elétrica demais para ficar mais um minuto dentro do quarto. Ganha as ruas alegres de Shibuya, que, pelo evento dos jogos olímpicos, estão pulsando de gente jovem, estrangeiros, cores e aromas. A cerimônia da abertura será no dia seguinte, e ela tem reservado um lugar de onde poderá ver todos os detalhes. Usou uma pequena fortuna para comprar aquele assento. Mas valerá a pena, será um evento único em sua vida!

Adoraria entrar em um restaurante ou em um café. Olha em torno com o deslumbre de qualquer turista recém-chegado, tirando fotos e enviando aos triunviratos. Contudo, a fome não vem, e o torpor começa a se manifestar a poucos quarteirões do hotel.

— Não acredito que tenho que voltar e dormir! — resmunga ela em japonês, e ri como se as palavras fizessem cócegas.

Ciente de que está meio aérea, dá de ombros e volta para a sua suíte limpa e impessoal. Quando fecha a porta, tira os tênis e entra descalça pelo ambiente acarpetado de aspecto internacional. Podia ser uma suíte em qualquer lugar do mundo.

Ela para diante da vidraça antes de fechar as cortinas *blackout* e olha para a cidade lindamente iluminada com a chegada da noite, enchendo os pulmões.

— Mas é Tóquio!

Joga-se na cama e apaga quase que instantaneamente. Seu sonho é um pouco sonho, um pouco lembrança. Ela não quer se lembrar de muitas coisas. Ela não quer que qualquer eco de sua vida possa manchar este lugar, esta viagem. Ela quer ser outra pessoa ali. Mas no sono conturbado, um pouco acordada e um pouco dormindo, ela percebe que nem sair do mundo faz seu mundo sair de você.

A VERDADEIRA FELICIDADE É O SEU CORPO SE ADAPTAR EM VOCÊ COMO SUA MELHOR ROUPA, E VOCÊ SE SENTIR TÃO BEM, TÃO CONFORTÁVEL E NA MODA QUE TODOS AO REDOR PERCEBEM A SUA DESENVOLTURA E COMENTAM: "NOSSA, COMO VOCÊ ESTÁ BEM HOJE". E POR QUE ISSO É A VERDADEIRA FELICIDADE? PORQUE É QUANDO VOCÊ PERCEBE A PLENITUDE DE SER VOCÊ MESMO E NÃO PRECISAR ESTAR EM NENHUM OUTRO LUGAR.

21

Emi se lembra da gata vindo correndo, o rabo estremecendo para cima, miando. Era preta, de pelagem charmosa, o olhar verde brilhante de alegria.

— Alguém precisa ser exuberante nessa casa! — Emi falava com ela enquanto treinava o japonês que vinha estudando. Depois já falava em português, inglês... e a gata entendia tudo. — Você seria um clichê total, Bon-Bon. Caso eu fosse uma bruxa. Mas não sou bruxa, amore. Sou muito normal e comum, sou uma analista, uma *foreign trade.* E se faço a mágica acontecer é magia sua, e não minha!

Bonnie respondeu ronronando, jogando-se no chão dramaticamente e oferecendo a barriga para um cafuné.

Viveu em um abrigo desde o nascimento; era a sobra indesejada de uma ninhada de gatinhos amarelos. Ninguém quis adotar a gatinha preta. Emi a adotou quando ela já estava quase adulta, e tantos anos depois continuava bonita como sempre, mas já estava com catorze anos. Atravessaram juntas muitas etapas da vida.

Emi é a caçula, seus irmãos são bem mais velhos, nunca foram próximos dela, ambos em uma batalha de egos que os afastaram de tudo, apenas contando sua vaidade e a vontade de um suplantar o outro a qualquer custo. Francisco mora em Washington, ao que parece, a vida dela inteira, e ela não sabe nada sobre como ele leva a vida. Fernando vive na Espanha e é um enólogo conceituado. Ambos raramente visitam o Brasil, não trazem presentes e não convidam ninguém a retribuir a visita.

Já faz mais de dez anos que não os encontra, ambos se rasgando para prosperar um mais que o outro. Seus pais estão muito decepcionados com eles por sua ambição desmedida e pela falta de qualquer respeito pela família. O que deu tão errado? Como Emi é tão diferente? Claro que a caçula é então o seu porto seguro, e eles a adoram não por ela ser adorável, mas por ser praticamente filha única.

Certa vez, na competição que travavam, ambos resolveram enviar somas em dinheiro aos pais para impressionar os velhos e darem uma demonstração de que podiam dispor de um bom montante. Os pais não entenderam aquilo e ficaram ofendidos diante de como a coisa aconteceu. Tanto que nunca usaram o dinheiro, estava no banco, mesmo depois de passados tantos anos. Eles afirmam que esse dinheiro poderá ser devolvido no dia em que algum deles estiver em apuros. Os irmãos preferem morrer. Mas nunca se sabe...

Em toda essa relação falta risos, falta frescor.

Só quando sua gata morreu, Emi entendeu melhor como seu irmão Fernando se sentia. Ele se casou, e poucos meses após o casamento sua esposa sofreu de uma embolia fatal. Ele decidiu ir embora para a Espanha e desde então suas energias são voltadas a suplantar o irmão. É o que o faz se sentir vivo; ele não se casou de novo nem teve um filho. O casamento bem-sucedido de Francisco e suas quatro filhas perfeitas são a sua eterna humilhação. Tanto tempo longe e tanto que fazer para se manter no topo, e eles mal se lembram de suas raízes. Emi avisou a ambos que não se atrevessem a aparecer para o enterro dos seus pais quando eles morressem.

Fazia um ano que Bonnie estava morta, enterrada na chácara dos pais de Lorraine, com lápide e tudo mais.

O dia de sua morte foi uma quinta-feira impossivelmente dolorosa. Bonnie morreu durante o dia, sozinha. Estava enrodilhada numa posição que parecia ser de uma simples soneca quando Emi chegou do trabalho. A saúde estava frágil, Emi cuidava dela com toda dedicação. Estavam juntas na aventura de morar sozinhas no apartamento todo reformado e decorado de forma jovem, o pequeno lar doce lar no Alto da Mooca, abaixo de Gert.

Agarrada ao corpinho sem vida, Emi chorou, mas seu único pensamento era sobre onde enterrar seu bebezinho. Ligou para Lorraine, quase não conseguia respirar. Demorou para que a amiga descobrisse sobre o que ela estava falando. No mesmo instante, ela respondeu:

— Emi, vamos levar Bon-Bon para descansar com o Hércules.

Duas lápides, uma gata sem raça, um cachorro lutador puro-sangue resgatado da rinha, cego de um olho e indócil como um velho marinheiro castigado de sal e sol.

No carro do pai de Lorraine foram ela e o avô na frente, Emi e sua mãe atrás, Bon-Bon dentro de uma caixa térmica. Viajaram naquela madrugada de sábado para Pomerode. Gert, cheio de analgésicos para suportar a viagem, não quis ir sozinho de avião. O transporte clandestino do corpo de um animal morto precisava ser feito de carro. Então foram todos juntos, um álbum depressivo de rock ia fazendo o cortejo fúnebre. Emi agradeceu muito pela delicadeza que estavam tendo com ela.

— Todos amamos a Bon-Bon. A Vovó Lorraine vai hoje providenciar a placa gravada como o nome dela.

Existem coisas que são inerentes ao ser humano. Não são resultado da invenção da sociedade, das nações, dos governos e dos desgovernos. Existem coisas anteriores. A coisa primordial do ser humano é a família. As raízes. Se até os animais apresentam essa característica, imagine os humanos! Qualquer teoria que contrarie essa verdade é apenas uma teoria indigna.

AS RAÍZES SÃO O QUE SUSTENTAM A VIDA QUE PAIRA ACIMA DO SOLO. O SOL E A CHUVA ALIMENTAM, DÃO AS CORES E SÃO ESSENCIAIS, MAS A PLANTA QUE NÃO APROFUNDA RAÍZES ESTÁ FADADA A TOMBAR AO SABOR DA VENTANIA. ENRAÍZE-SE! #AMORETERNO

22

Abrindo os olhos devagar, Emi demora para se situar no espaço. Seu sorriso vai ficando mais e mais largo conforme vai se conscientizando de que respira o ar mais longínquo que pode existir no mundo inteiro. *Longe de tudo, mais longe do que meus irmãos idiotas chegaram, mesmo que seja só por duas semanas!*

Fazia bastante tempo que não se lembrava dos irmãos, a lembrança de Bon-Bon é mais constante. Por que sonhou com eles, com a lembrança deles? É estranho, mas não se lembra muito bem do rosto deles. Só sabe que são brancos e em algum lugar entre o loiro e o ruivo. Emi não conhece as próprias sobrinhas! Elas têm nomes ingleses. Nunca foram incentivadas a conhecer o Brasil. Será que todo mundo que imigra tem essa empáfia? Emi costuma pensar tão diferente...

Mas quem se importa, manos? Quem se importa com vocês? Eu não, nem um pouco.

Eles são apenas uma ausência. Emi viveu até aqui sem eles, sem sua presença, sem seu auxílio, sem seus risos. Nessa altura de sua vida, não faz mais nenhuma diferença.

Coisa ruim tem que ir ficando para trás.

Assim como o seu namoro secreto.

Como pode haver garotas que não se importam de ser oprimidas?

Ela chegou a passar pela loucura suprema de preferir estar morta no auge de seu envolvimento por não ver saída dele. Preferiu morrer. E aquilo foi o gatilho para começar a lutar. Tinha alguma coisa muito errada ali, e ela tinha que resolver. Contudo... pobre Keiko! Ela era uma mulher sem boa autoestima, de trinta anos, tímida demais, sozinha demais para poder ser resgatada, e sua única vingança foi se enforcar no vestiário da academia. Seu protesto mudo deu testemunho, pois Gert passou a investigar Victor após aquele acontecimento na academia que ele frequentava havia alguns meses na época.

O último item da pasta de Victor era uma foto. Ainda não havia uma só palavra escrita, um único dado. Apenas uma foto retirada do Instagram de Emi, que, sorrindo para a câmera, parecia uma adolescente ainda, com aparelhos nos dentes. Isso queria dizer que se a morte passava pela sua cabeça, passava pela cabeça dele também. O mais perturbador daquela pasta era a sua foto estar ali, perto da foto de Keiko.

Agora é tempo de deixar tudo e todos para trás e viver.

VOCÊ NÃO PODE EVITAR QUE OS PÁSSAROS SOBREVOEM A SUA CABEÇA, MAS VOCÊ PODE IMPEDIR QUE ELES FAÇAM NINHO #PROVERBIOCHINES

23

Os dias intensos de atividades e esportes vão tirar sua cabeça daqueles fatos desfocados. Esfrega os olhos e já não sorri, só fica prestando atenção a um detalhe que é muito importante. Olha para o teto impessoal de onde pende a silhueta de uma luminária moderna na penumbra. Não passa despercebido o fato de que as lembranças recentes, de seu namoro com um homem mais velho, e todo o desenrolar do caso, até o encontro ácido com a mulher bonita, tudo está desfocado. As emoções foram extremas, mas é como ter ido ao cinema para ver uma saga cheia de adrenalina, medo, sustos e gritos no escuro.

Depois de sair da sala de exibição, tudo se desvanece em poucas horas.

O ressentimento por ter sido negligenciada por seus irmãos egoístas se arrastou por muito tempo em sua vida. A perda de Bonnie, sua gata e único animal com o qual já conviveu, ainda é sentida e sua imagem é uma lembrança nítida, mesmo depois de o tempo já ter substituído a dor por uma calma saudade. Sentimentos se desvanecem ou são substituídos, constituindo a nossa vivência. Apenas jamais uma experiência tão rapidamente deixou de ter nitidez na sua lembrança quanto a relação com Victor. Quando estavam envolvidos, parecia intenso, mas era artificial, e sua alma sabia disso.

É cedo, levanta-se e abre as cortinas, deixando a luz entrar, poderosa, limpando as sombras e deixando o quarto nítido e real. Volta para a cama e se joga de bruços, os cabelos bagunçados se esparramam por todo lado. Usa um pijama de malha confortável, de blusinha e shorts bem curto. Apesar de ser sumário, a estampa de gatinhos fofos com a língua de fora não é nada sexy. Sexy é só a quantidade de pele à mostra no pijama de verão.

Nada lhe passa despercebido; atenta, ela se lembra dos sonhos interligados, nos quais vê os seus pais em tantos momentos. Eles estão ficando velhos. Emi nasceu quando a sua mãe já tinha quarenta e nove anos, e seu pai passado muito dos cinquenta. A idade deles quase regula com a dos avós de Lorraine.

Lembra-se da lápide de Bonnie ao lado da de Hércules e sente saudade. A gatinha preta era uma sombra ao seu lado, acompanhando todas as suas mudanças hormonais, toda a sua chatice adolescente. Ela brigava com os pais velhos e antiquados, ela reclamava de tudo, ela chorava quando surgia uma espinha, mas não conseguia ficar sem chocolate... E firme ao seu lado estava Bon-Bon, sua melhor amiga. E nunca brigaram.

Recordar-se dos seus irmãos distantes, nascidos na juventude dos seus pais, competindo e eternamente infelizes com o próprio sucesso, pois nunca nada é pleno para os invejosos, é somente uma lembrança deslocada, apesar de nítida. Ainda bem que tudo que a gente sonha some no esquecimento rapidamente.

A lembrança de Pomerode vem tão forte que Emi pode sentir cheiros de geleia apurando no tacho e ver a luz do sol nas folhas da árvore do quintal do sítio e as placas com o nome dos bichos.

A mente retém o que faz você ser o que você é, e deve ser. Tudo o que for lixo, a mente descarta, preserva-se. É assim que uma mente sadia deve funcionar. Reter o que é bom.

Emi se lembra de seu apartamento prático. É pequeno se comparado às casas enormes onde sempre viveu, mas no prédio há muitas famílias com filhos e até animais. Onde há amor cabe sempre mais um. Quando ela se casar e tiver gato, papagaio e bebês, caberão todos ali, felizes para sempre.

No momento, Lorraine e o noivo não fazem ideia, mas em um de seus segredos de vizinhos e já com indícios de estar amolecendo o coração, o Vô Gert pondera se não será melhor voltar logo para Pomerode. Não se sente feliz em deixar o apartamento para a neta só quando morrer.

Emi não comenta sobre o assunto, pois é um tabu dos Klein. Ora se fala uma coisa, ora se fala outra. E Gert deixa claro que quer dar aquela cobertura para a neta constituir sua família. Se por um lado a neta fala que o apartamento será seu apenas num futuro muito distante, ela já planeja a data do casamento. Emi sabe apenas que sentirá muito a falta de Gert quando acontecer.

— Se eu começar a demorar muito pra bater as botas, volto pra Pomerode pra você poder ficar logo com o apartamento. É um sofrimento ficar esperando velho morrer!

Foi a única vez que Emi viu Lorraine mandar o avô à merda.

Essa coisa de onde morar, de onde viver, de ter ou não escolha, é algo sério, podendo mesmo ser determinante na vida de uma pessoa. Você é fruto do meio onde vive, por mais que ache que não. Sotaque, costumes, amizades e oportunidades ajudam a moldá-lo.

Gert pensa em oferecer a cobertura de presente de casamento à Lorraine para que sua família que se inicia não perca a chance de ser uma família da Mooca. Ele já está ficando velho demais para prosseguir fabricando chá naquele ritmo. A demanda está fazendo com que ultrapasse seu limite de prazer para o estresse.

Ela sofre com isso, mas não tem o direito de falar nada. Sente que será melhor vê-lo partir e poder visitar os Klein em Santa Catarina. Bem melhor do que imaginar que ele não estará mais vivo quando Lorraine for morar na cobertura. Enfim, tudo passa, tudo se transforma, até o que é perfeito.

O tempo perfeito de Gert em São Paulo está passando.

Igual nuvens no céu. Não adianta querer reter aquela forma perfeita. Você só pode fotografar, se quiser. Mas a nuvem real vai ao sabor dos ventos.

Emi se espreguiça longamente, de repente pensando no momento da despedida na casa dos pais, e sua mãe lhe falando que se fosse para encontrar seu grande amor no Japão teria que ser sob a condição de que ele quisesse se mudar para o Brasil.

— Porque eu não deixo você ficar lá pra sempre, ouviu? Eu não vou perder minha última filha assim. Um na América, um na Europa e a outra na Ásia? Nem pensar! Não vou permitir.

— Mãe, eu vou fazer vinte e cinco anos...

— E o que tem uma coisa a ver com a outra? Nem com cem anos eu te deixo morar do outro lado do mundo! Eu vejo suas amigas praticamente te enxotando pro Japão pra você encontrar um namorado lá. De onde elas tiraram essa besteira?

— Deve ser porque eu acho os japoneses lindos, e nunca achei um aqui pra chamar de meu.

— Ai, minha Nossa Senhora! Você nunca vai superar a perda do padrinho, Emi?

— Não seja injusta, mãe, falar do padrinho assim... Ele não tem nada a ver com o fato de eu achar os japoneses os homens mais bonitos do mundo. Não é por causa dele. Ele nem era bonito.

— Paulo Hiro não era bonito? — Sua mãe riu, irônica, enxugando um a um os pratos que Emi lavava e passava para ela. — Ele era, sim, bonito. E você era apaixonada por ele.

— Agora que você está dizendo... Acho que sim, mas eu tinha onze, doze anos. E não é por causa disso que não iria voltar do Japão agora.

— Acho bom. Você nunca teve um namorado sério, vai arrumar sarna pra coçar lá longe? Vê se esquece o príncipe oriental. Isso não existe.

— Na verdade, deve existir, mãe. Não sei bem, mas no Japão também tem imperador, não tem? Família real?

Emi começou a rir com a reação explosiva da mãe ao lhe dar uma palmada estalada no traseiro, apertado no jeans justo.

— Família real não é para o seu bico, plebeia da mamãe! Não vá procurar sarna pra coçar lá longe, ouviu?

Seu corpo se arrepia. Não está à procura de nada. Muito menos sarna.

Levanta-se de um salto e vai para o banheiro, despindo-se do pijama curto. Está decidido: quando voltar, adotará outra gata e ela se chamará Kayo, a bonita. Está na hora de ter mais alguém vivo naquele endereço além dela e da coleção de orquídeas que toma a varandinha. Ah, uma gata arteira é o que há de mais possível para a sua vida no momento. Alguém que a ame de verdade. Muita gente prefere bichos às pessoas, e realmente não existe nada mais lógico neste mundo.

QUANDO VOCÊ DESCOBRE QUE PRECISA DE ALGUÉM QUE A FAÇA RIR, QUE A FAÇA SORRIR, QUE LHE DÊ TERNURA, AVENTURA, UM RELACIONAMENTO LEVE, COMPANHIA CONSTANTE E QUENTINHA, E OLHARES VERDES APAIXONADOS... VOCÊ, ASSIM COMO EU, PRECISA DE UM GATO! #ADOTEUMGATINHO #ADOTARETUDODEBOM

DIA 2

É o dia da abertura dos jogos! A cerimônia promete momentos únicos da extravagante cultura japonesa, que mescla de forma habilidosa o arcaico da antiga civilização de sábios e samurais com suas belas mulheres delicadas como as flores da cerejeira e o mundo atual e vibrante dos arranha-céus, animes, mangás e arte contemporânea. Luzes e sons de rara harmonia e perfeição num espetáculo que acolhe o mundo e ensina que, de quatro em quatro anos, não há raça nem idioma que se coloque acima do valor humano bruto, pura e simplesmente.

Depois da celebração emocionante, o primeiro compromisso da agenda de Emi é acompanhar o vôlei do leste europeu contra os norte-americanos. Evento que a faz vibrar até em casa, diante da TV, imagine ao vivo! Uma vez nas arquibancadas, ela muitas vezes se esquece de onde está, adentrando de corpo e alma na competição e se sentindo uma cidadã do mundo, vibrando com todos os ganhadores, porque seu esforço é louvável. Apenas em jogos das seleções brasileiras ela tem favoritos.

Veste calça de agasalho Adidas rosa-chiclete que não costuma usar e uma blusinha branca que lhe cai muito bem, delineando os bojos do sutiã que ela sempre usa para incrementar a silhueta e não depender só dos seios tão pequenos. Pelo menos eles são bem bonitos, mas bem que podiam ser maiores. Prefere sempre usar cores escuras e que não chamem atenção. A roupa alegre, como outras que trouxe na bagagem, são parte de seu disfarce, da Emi japonesa que ganha a cidade e se perde na personagem com a leveza de alguém livre.

Dia 7

Emi deixa o celular no silencioso quando vai dormir para não ser acordada a todo instante com alertas de mensagem. Quando vai verificar as mensagens, ela são inúmeras, na maioria a família e os amigos cobrando fotos e áudios com suas impressões em tempo real. Além de mensagens de colegas do trabalho, que, ignorando que ela está de férias, passam-lhe responsabilidades e enchem o saco com perguntas e pedidos de ajuda que ela generosamente ignora, sem nem mesmo os mandar à merda logo cedo.

No sábado, ainda rouca com voz amanhecida, começa a responder aos curiosos sobre a programação do dia e aproveita para fazer um *tour* pela suíte, mostrando os detalhes até do banheiro compacto enquanto conta com entusiasmo sobre alguns novos amigos com quem foi jantar na véspera. A garganta anda sofrendo devido às horas de torcida em que Emi não a poupa, então está falando grosso há dias.

O dia seguinte será o primeiro de folga, um domingo sem compromissos ligados aos jogos olímpicos, que prosseguem no seu ritmo incansável, mas ela aproveitará para relaxar nas águas termais, fazendo uma boa massagem e visitando um templo budista para agradecer a viagem maravilhosa que está vivendo.

Tudo está tão perfeito que é como se fosse impossível perdurar. Quando está tudo bem, algo no seu íntimo não aceita que seja real, e ela fica esperando o momento que tudo vai desabar. Prende a respiração e espera a cacetada do destino; quando o golpe não vem, ela não sabe exatamente o que fazer. É a sensação de estender a mão para cumprimentar alguém, e esse alguém não retribuir o cumprimento. Ela fica com a mão parada no ar. O desastre não vem, e ela não sabe como agir.

Então, será mesmo de verdade tudo isso? Ela é mesmo capaz de viver dias perfeitos? Depois de tudo, merece estar tão feliz? Será que todo soldado esquece o inimigo caído e estropiado na linha da batalha e vai viver todo satisfeito a sua vida? Não é mesmo à toa que o velho ditado diz que vale tudo no amor e na guerra. Vale tudo: vale estropiar o outro antes que ele te estropie.

Mas, partindo desse princípio, quer dizer que o que o outro fez com ela também é válido? Por isso tantas pessoas evitam o amor da mesma forma que evitam acidentes fatais? Será isso o amor? Uma batalha? Não! Não mesmo. Emi deu azar. Em vez de ser amada ou odiada, nas duas faces do mesmo sentimento que andam em paralelo e com as quais você pode lidar, ela foi atraída para participar de um jogo do qual não tinha conhecimento das regras. Não era nem preto e nem branco, era um jogo de cinzas, sem aludir a romances picantes da literatura. Eram os cinzas da loucura.

Mas quanta bobagem! Por que ainda está pensando tanto no que Lorraine lhe deseja e sua mãe proíbe?

Sim, no fundo espera que um imenso amor arrase seu coração. Quer, mas tem medo.

Duas tardes antes, no dia 5, ela esteve no estádio acompanhada dos novos amigos, também loucos por vôlei. Foi uma disputadíssima partida de vôlei feminino, Estados Unidos e Holanda. Emi domina toda a técnica e as regras e, enquanto torceu, muitas vezes antecipou o que ia acontecer. Tinha olhos de águia, quase sempre acertava o que os juízes somente assumiam após a conferência por vídeo.

Estava tão envolvida que só percebeu que estava sendo paquerada quando a nova amiga lhe falou abertamente que prestasse atenção. Até então, achava que o seu companheiro casual de arquibancada era um fã de esportes, ali, como tantos outros, curtindo a partida ao seu lado.

Começou a prestar atenção no jeito dele. Sim, ele a estava paquerando, e isso podia ser muito lisonjeiro, já que ele era o homem mais lindo num raio de quilômetros. Era um japonês alcançando a meia-idade com uma bela barba de lenhador, detalhe meio raro nos orientais. Usava uma camiseta Harley-Davidson justa e tinha músculos delineados. Ele não era alto, devia ter a mesma estatura de Emi, e sua presença era marcante.

Estados Unidos fechou o quarto *set* por 25 a 17 depois de ter perdido o primeiro e virado o jogo, vencendo a partida.

Emi e os amigos festejaram e bateram as mãos no alto. Na empolgação, o motoqueiro lenhador ergueu os braços e bateu as mãos com eles todos também. Só que, quando bateu nas mãos de Emi, segurou os seus dedos por um instante, e aquilo fez o coração dela dar um salto mortal triplo carpado. Os alarmes soaram, e ela quase entrou em pânico. Ele sorria para eles, e seus companheiros de estrada, ou o que o valha, pois estavam todos com roupas pretas e camisetas Harley-Davidson, confraternizavam entre si; ele voltou para o lado deles.

Foi muito rápido, Emi sentiu um mal-estar mesclado a uma pane no sistema. Ela sentia estar com algum fio descascado. Em qualquer momento de sua vida, se um japonês bonito daquele jeito, quase inacreditável de bonito, desse-lhe a mínima atenção, ela investiria feito uma... feito uma jogadora! E ela estava atualmente com muito medo daquele jogo. Não sabia que estava com tanto medo até que aquela breve situação real aconteceu. Um homem de quarenta anos a deixou assustada, como se fosse um perigo grande demais só por ser mais velho, ou bonito, ou lenhador barbudo.

Emi ficou com medo de tudo nele. Afastou-se o mais rápido que conseguiu, sendo até difícil para o casal de amigos acompanhar sua fuga pela multidão que ainda festejava o final da partida e nem tinha começado a se dispersar.

Ela é como um estivador que se aposenta, o corpo alquebrado agora está no descanso, só que não pode evitar o receio de que a qualquer momento vai sofrer uma cãibra. Espera até com uma careta, e a cãibra não vem. Ainda assim, fica a careta e o medo da dor.

Às vezes, é caótico perder totalmente o controle e ver as coisas acontecerem por si mesmas numa sucessão de quadros que você não pensou nem em desenhar, muito menos em colorir com as cores que estão ficando. Quando tudo acontece organicamente, sem o seu trabalho sobre nenhum aspecto, você se sente de fora da própria vida, só de espectador.

A VERDADE É UMA SÓ: EU AINDA NÃO ESTOU PRONTA.

Emi escreve a frase abaixo de uma incrível foto abraçada à dupla de novos amigos, com o ginásio ao fundo e um mar de gente passando. Contudo, antes de postar no Instagram, substitui a frase por outra, que também é verdadeira. No dia seguinte, já terá sido curtida e comentada por centenas de pessoas.

E QUE AS FÉRIAS DA MINHA VIDA NUNCA MAIS SE ACABEM! AMÉM. #TOKIO2020

25

DIA 9

"I betcha thought we couldn't do it. And if you did we wouldn't try."

Talvez por estar com os arquivos de música britânica *setentona* tocando nos fones, toda a cidade pareça estar numa dimensão diferente aos olhos de Emi. A robusta modernidade japonesa contrasta com a música antiga, e o resultado é conflitante. Ela está apaixonada por Tóquio.

Quem precisa de quietude? Vamos deixar tudo de cabeça para baixo mesmo!

Ela sabe que o Japão que está sentindo neste dia só existe em sua percepção. Mas isso pouco importa. O que é real? O que é ilusão? Reais são os gritos de Lorraine e Evelin nos áudios, extasiadas com a exuberância de tudo que, caprichosamente, Emi lhes mostra em ângulos perfeitos.

— Vocês podiam estar aqui, suas tontas! Agora ficam aí, feito loucas, morrendo de inveja porque eu tenho um novo triunvirato aqui!

— Sua ingrata, estou segurando o rabo do foguete por você esses dias!

Evelin detesta responder a qualquer compromisso que não seja estritamente relacionado ao seu cargo e ao seu departamento. Cobrir Emi em algumas reuniões não é nada agradável.

— Pode ir parando de reclamar, mocinha! — Emi ri. — Estou de férias e está tudo sob controle. Você está valorizando sua contribuição, já que eu deixei tudo pronto só pra você levar na reunião!

Elas pedem mais de Shibuya, que é ainda mais incrível pelas imagens em tempo real de Emi, a rodopiar pelas ruas de prédios altos com tanta informação que chega a ser estonteante. Marcam de fazer um belo lanche juntas online na terça-feira, no período da manhã, para colocarem tudo em dia. Não vão esperar para se encontrar pessoalmente para as novidades, porque, quando Emi voltar, terá que ficar em família mais tempo com seus pais, que merecem a sua atenção. E o bom é curtir tudo enquanto acontece.

O dia 9 da viagem é vertiginoso, incluindo todos os jogos de rúgbi que Emi consegue acompanhar. E estar nas competições dessa modalidade é o ponto alto da inveja das amigas, já que o rúgbi — e jogadores de rúgbi — são uma unanimidade entre elas. Elas nunca deixam de perguntar se já tem algum príncipe na jogada, e Emi, lembrando-se do medo que sentiu quando o lenhador motoqueiro tocou sua mão, fala que não, claro que não.

— Por que claro que não?

— Porque aqui eu sou igual a todo mundo! Meu charme japonês postiço não chama atenção nenhuma onde as japonesas são reais!

— Ah, sua boba, você é bonita em qualquer lugar do mundo — Lorraine fala em tom de bronca. — Não se diminua!

VOCÊ CONSEGUE SE SENTIR TOTALMENTE CONFORTÁVEL QUANDO PERCEBE QUE, EM DETERMINADO AMBIENTE, É A PESSOA MAIS COMUM E SEM ATRATIVO ALI PRESENTE? SUA AUTOESTIMA NÃO FICA ARRANHADA, NEM UM POUQUINHO, QUANDO VOCÊ CAPRICHA E SE PREPARA, E, AINDA ASSIM, É SÓ MAIS UMA CARA NA MULTIDÃO? OU SER SÓ MAIS UMA CARA NA MULTIDÃO TE FAZ SE SENTIR MAIS SEGURA?

26

À noite, Emi está tão exausta que realmente não vê a hora de chegar o domingo nas águas relaxantes do tratamento termal. Toma uma ducha enquanto carrega o celular, depois vai para a cama e estica as pernas, apoiando um travesseiro debaixo dos joelhos cansados. Os seus dias todos acabam da mesma forma, parece até final de episódio de seriado. Assim se acaba mais um capítulo. Ela suspira e liga o áudio do aplicativo:

— Oi, mãe! Oi, pai! Ontem passei na Doceria Takemura, que é incrível! Gostaram das fotos? Sério, vocês não têm noção de como o doce aqui é bom! Comprei umas delícias, e uma maravilha em especial... Vocês se lembram da vizinha da vovó, de quando eu era criança? Aquela que morava nos fundos?

"Ela me falava que o nome dela era Maria e o marido era Marío, porque achava que eu não ia conseguir entender o nome deles. Vocês lembram que ela fazia taruto? Gente, pensa num taruto igualzinho! Achei aqui em Tóquio. Acho que nunca mais posso ir embora agora."

Emi ri só de imaginar sua mãe se eriçando. "Como assim, não vai voltar pra casa por causa de um doce?"

—Tô brincando, mãe! Nossa... então, agora à noite passa um seriado romântico tão bonitinho na TV, estou seguindo toda noite antes de dormir, quase desde o dia que cheguei. É reprise, por isso passa já fora do horário nobre. É de 2017, e se chama *Tokio2020.* Tem um episódio que se passa no saguão do hotel que eu estou, não é demais? Pela minha animação, vocês já devem saber que fotografei cada canto... Sim! Um monte de fotos até nos ângulos certos!

Emi envia o áudio e se acomoda melhor na cama com uma embalagem bonita e caprichada, na qual dois tarutos a esperam. Já ligou a TV, de olho no horário para não perder *Tokio2020* desde o começo.

Como quer ver as partes engraçadas, dos personagens secundários, não pode perder o começo do episódio, que sempre começa leve, com as tramas cômicas, deixando os assuntos dramáticos e de suspense para o fim do capítulo, como um gancho para deixar o telespectador fisgado para o dia seguinte. Ela está fisgada pelo amigo do mocinho sério. Ele é lindo, bem alto e bem magro, com a cabeça ligeiramente grande, mas sem parecer um pirulito gigante. A cabeleira negra e espetada dá essa sensação. O ator tem a voz bastante grave. E falando em japonês fica irresistível.

Está apaixonada desde a primeira vez que o viu, e a cada nova aparição ela só o ama mais ainda. Ele está ali para fazer rir. E Emi ri o tempo todo. Às vezes, só de ele entrar em cena, antes de vê-lo tropeçar e cair, ou alguma coisa cair em sua cabeça, ela já está rindo. É o mais caricato pastelão que ela já viu, o próprio "torta-na-cara" que ela acha tão apelativo. Mas como não amar?

Emi não quer mais paquerar na vida real, lá fora, onde os homens a deixam em pânico como se todos fossem passar do beijo ao safanão em segundos. Não é um medo inconsciente. Ela é inteligente nessa questão e se conhece muito bem. Em sua plena consciência, ela sabe que está com muito medo de homens. Principalmente os muito bonitos, adultos e fortes.

Japoneses não aparentam suas idades. Seu paquerinha do seriado tem cara de um menino de doze anos, mas o timbre da voz é de adulto. O pirulito gigante parece um menino, ainda por cima bobo e incapaz de obter sucesso ou chamar atenção do sexo oposto. Além de todas as características que o afastam de se parecer com um homem, ainda por cima está do outro lado da tela, e é isso que ela mais adora nele. Ela está cem por cento segura com um namorado assim.

Desliza o dedo mais uma vez para iniciar nova gravação para seus pais, e fala rindo:

— Áudio dois, a missão: vocês lembram que eu fui apaixonada pelo Ultraseven na infância? Gamei de novo. O mocinho dessa série é muito carrancudo, o amigo é que é simpático, por não ter o peso da responsabilidade de fazer a mocinha feliz pra sempre. Eu não gosto disso. Prefiro o trapalhão batendo o dedinho na quina. Não se preocupe, mãe, eu não vou ficar no Japão pra sempre porque me apaixonei por um rosto na TV. Você não vai precisar vir aqui de chinelo na mão pra me buscar! Vou ver meu episódio e comer doce. Beijos, amores.

Emi está tão feliz que começa a ficar triste, pois o dia de ir embora está se aproximando. Não está pronta. Não está pronta para nada, nem para ir, nem para ficar, nem para atar, e nem para desatar. Às vezes, parece estar de volta à adolescência. *Tomara que não seja pane hormonal, ou daqui a pouco estarei cheia de espinhas!* Bem... se pode fazer piada de si mesma é porque não, não está de volta à adolescência. Sua pane em relação ao sexo oposto é emocional, e isso pode acontecer em qualquer fase da vida, não pode?

Como faz muitas caminhadas e as competições têm um alto grau de emoção, quando cai na cama vê o seriado de drama e comédia e dorme rapidamente. O dia seguinte sempre tem novidades que não deixam a poeira baixar.

São as melhores férias da sua vida, e é revelador tudo o que aprende sobre si mesma. Shibuya é mais encantadora do que em filmes ou em livros, é viva e protagoniza, em vez de ser mero pano de fundo para seus passeios.

Emi vê seu tremor interno sendo esquecido por dias inteiros conforme vai perdendo o sentido ter medo do que já é passado e ao passo que o presente toma muito mais espaço em seus pensamentos. Desde que um homem desavisado não se interesse por ela, ela vai plena e feliz, o alarme não soa e a realidade não se pinta de piche. Não perdeu um só instante de seus dias, não perdeu um só passeio, um só jogo por causa de sentimentos negativos.

Ela é muito mais forte do que se julgou de início. Só não está pronta para alguns aspectos da vida, mas essa vida segue de qualquer forma.

Nesta noite, deixa a roupa que usará pela manhã pronta e alisada sobre a cadeira. Não pela primeira vez, quando desliga a TV e fica no escuro, seu corpo sente uma tensão forte e ela não consegue dormir. Pensa no amigo do mocinho do seriado. Se um dia passar por ele na rua, das duas uma: ou pula em seu pescoço ou desmaia.

Toca os seios, eles doem de tão rijos. Ela não sente nenhuma timidez pelas necessidades de seu corpo e às vezes se masturba. É a primeira vez que sente essa necessidade nos últimos tempos, e a sensação é muito gostosa. O sorriso do amigo trapalhão não sai da sua cabeça. Emi mal se toca e tem um orgasmo tão intenso que chega a ofegar.

Apaixonada, fazendo amor sozinha com o príncipe oriental do outro lado da tela. Não pode haver nada mais seguro. Abraça o travesseiro e se encolhe em posição fetal, pedindo, por favor, para sonhar com ele, lugar onde a barreira da tela poderá ser quebrada.

Enfim ela encontra um grande amor em Tóquio! E a cura está completa.

27

DIA 10

Pela manhã bem cedo, Emi pula da cama sem preguiça e muito rápido já ganha as ruas depois de tomar apenas um copo de suco de frutas. Caminha até o hotel onde tem agendada uma hora revigorante em água quente e depois uma massagem completa com óleos que deixarão sua pele renovada. Veste agasalho e tênis, não é nada charmoso como as belas mulheres que desfilam por Shibuya, mas funcional e perfeito para acomodar seu corpo bem tratado depois.

Às dez horas, deliciada com o corpo todo macio de cremes, óleos e essências, ela se senta agradecida diante de uma mesa farta no Jinnan Cafe, um restaurante muito moderno e conceituado. Está tão satisfeita com tudo ao seu redor que poderia acordar a qualquer momento e ver que era um sonho.

Emi coloca o celular no suporte e chama Evelin e Lorraine para o bate-papo. Antes fez diversas fotos da fachada e dos ambientes para situar as amigas sobre seu local preferido em toda a cidade. O garçom que serve sua mesa aponta para sua mão, e sorridente lhe fala:

— Akatsuki.

Emi devolve o sorriso e olha para o seu anel no polegar esquerdo. É a terceira vez que alguém o reconhece e comenta. O anel de Sasori, vilão Akatsuki.

Evelin surge com uma taça de vinho tinto e um prato generoso de macarrão com molho vermelho, no qual mergulhou cubos de filé selado. Ela cozinha bem. Está sozinha em casa, suas irmãs gêmeas estão na faculdade e seus pais visitando amigos após o culto. Sua mãe lhe mandou um recado dizendo que voltarão tarde.

Lorraine também bebe vinho tinto numa taça de cristal fina, mas os pedaços de pizza ela pega com a mão mesmo, e depois chupa a ponta dos dedos e os passa no guardanapo antes de tocar na taça. Ela se senta no chão do quarto e acomoda as coisas sobre uma bandeja de café da manhã.

Elas falam amenidades, dão algumas boas risadas, falam sério. Emi conta cada detalhe da massagem e jura ter rejuvenescido alguns anos. Com efeito, as outras duas não deixam de reparar que ela está mais bonita e disposta do que se lembravam.

— O Japão está te fazendo bem demais. Isso tem cheiro de macho — fala Lorraine estreitando os olhos.

— Só se for em sonho — Emi rebate, rindo.

— Sério, você está com cara de quem trocou o óleo.

— Cala a boca, Lô!

Elas estão acompanhando muitas competições pela TV e, por incrível que possa parecer, já conseguiram ver Emi nas arquibancadas duas vezes.

— Inclusive, te vimos no jogo das americanas contra as holandesas, você estava no meio de uns motoqueiros.

— Vocês viram isso? — Emi quase grita.

Agora que está a uma distância segura, no tempo e no espaço, a lembrança do paquera é divertida.

— O cara do seu lado era puro elenco de cinema!

— Então, Emi...— começa Evelin depois de repor o vinho na taça. Ela encara a tela com seus olhos grandes cor de mel, que ficam ainda mais bonitos quando ela usa delineador, faz gatinho e usa máscara nos cílios, como agora. Ela só usa maquiagem nos olhos, sua pele uniforme não precisa de mais nada, as bochechas já são rosadas. — Você nunca chegou a me contar o que aconteceu com o *lover*. Eu sei muito bem que pra Lô você contou tudo, e fiquei muito brava. Entre nós não tem isso de amiga predileta pra quem se conta os segredos...

— Acho que você bebeu muito vinho — Emi fala de forma meio seca.

Sente um lampejo da fúria querendo abrir caminho pela sua paz sendo conquistada. A fúria é o último resquício emocional de sua malfadada aventura com a psicopatia. É bom ficar furiosa e desejar o mal e o pior para aqueles cretinos. É a última etapa antes de esquecer de vez a existência deles.

— E você bebeu pouco!

— São dez da manhã aqui, não dá pra beber ainda.

— Gente — interrompe Lorraine —, não seria bom continuar falando do clima?

Falar do clima é o seu modo de pedir que sejam educadas, frias e distantes como personagens ingleses. É uma piada interna. Elas não acham graça.

— O clima vai é fechar, Lô. Se ela quer saber da fofoca toda, eu acho que tenho que contar.

Emi, em geral, não é agressiva. Mas está incomodada. Ela viajou através de oceanos de tempo e espaço pensando que isso a faria se esquecer daquela história. Anda vestindo rosa-chiclete e azul-fusca, está fazendo até novas amizades e está apaixonada de perder o fôlego por um rosto da TV. Ouve uma banda diferente de tudo que já viu no mundo para criar novas impressões. Está falando de outros assuntos em outros idiomas... E suas amigas foram esquecidas em algum lugar que já não existe na sua vida. Elas estão presas lá no passado, e isso não é culpa de ninguém.

Realmente a vida é um fluxo. O que fica para trás perde a atualidade e se cristaliza como a maldição de um conto de fadas.

— Parece que você está mudando, Emi — avalia Evelin, olhando para ela na tela do celular.

— Nada te muda quando você já sabe quem você é. Eu nunca mudei de verdade, apenas sai escangalhada de uma batalha. Debaixo das escaras, só havia eu mesma, e, depois de saradas as feridas, a pele branquinha voltou e eu sou eu mesma: mas a eu de depois! Com cicatrizes pra me lembrar de que eu sou uma vencedora.

— Mas do que é que ela está falando? Que livro ela está lendo? — pergunta Evelin para Lorraine.

— Eu vou contar umas coisas pra vocês. Não faz mais diferença. Mesmo assim, acho que não é legal eu esconder das minhas únicas amigas da vida inteira. Não foi como no desfecho dos filmes policiais, em que o bandido acaba atrás das grades. Não.

Emi não irá revelar uma face da história. Uma face deve prosseguir oculta como é a outra face da lua. Isso é permanente.

— De novo, Lô, do que ela está falando?

— Pois é, ela está viajando na batatinha.

— Eu curti meu aniversário com vocês pelo celular. Foi lindo vocês cantarem parabéns pra mim. Obrigada. Mas quero presente quando chegar em casa, ouviram?

Agora Emi tem vinte e cinco anos. Não há nenhuma passagem, nenhum degrau. Não sente diferença alguma. Chegou a inspecionar o corpo diante do espelho para ver se a gravidade já a derrubava impiedosamente. Mas continua como sempre. Firme, de linhas bonitas e femininas, apesar de não contar com muitas curvas. Por fora, bela viola!

Enfim, respira fundo, olha para os inocentes olhos de mel de Evelin e, num momento de alguma maldade proposital, decide assassinar aquela inocência; sua amiga já é adulta demais para desconhecer como existe perversidade neste mundo.

É agora: *se segura, moça!*

— Evelin, você deve saber que eu passei por algo bem intenso, você viu que eu fiquei doente, que minha imunidade baixou e até me estourou herpes na boca. Isso eu não pude esconder nem preciso falar, era evidente. Vocês me apoiaram, mas não sabiam de nada. Pensaram que eu estava com medo da viagem, que não queria mais vir sozinha pra tão longe, mas que alguma coisa me obrigava, pra honrar meu passado, meu padrinho. E era exatamente o contrário.

"*Alguma coisa* estava tentando me fazer desistir e eu tive que lutar muito pra conseguir me manter firme. Eu nunca te disse, no entanto a Lô sabe de alguma coisa. Entendo seu ciúme. Não fica triste. Eu vou te contar também. Faz de conta que estou longe o bastante para tomar coragem de realmente colocar isso em palavras, e quem sabe, depois de falar tudo, o problema vai ficar ainda menor e acabar de desaparecer? Não é pra isso que serve visitar o psicólogo? A gente fala toda a merda. E depois dá descarga. Limpa a bunda. Acabou-se."

— Emi... — sussurra Lorraine, sem energia.

As três trocam olhares cheios de significados, como perguntas e respostas verbais, contudo sem falar nada. Coisas de amizade antiga, que vem da infância.

— Eu sabia que tinha mais coisa nessa viagem! Vocês sempre querem me poupar dos detalhes. Só por eu ter escolhido me preservar virgem, não quer dizer que não posso entender o que vão me dizer! É sempre isso. A virgem não entende nada — fala Evelin na defensiva, mas seu olhar implora que lhe contem os segredos que são marcos da amizade delas; se ela não participar, vai se sentir menos amiga.

— Certo, Emi. Faça como quiser. Mesmo eu nunca entendi direito o que aconteceu e vai ser bom saber, assim a gente encerra isso. Só fica um silêncio de enterro quando se toca nesse assunto. Saiba disso, Evelin, a Emi nunca me contou nada também. Não vai ser só o seu queixo que vai cair. De repente ela parou de ser feliz. Só sei disso.

Lorraine dá de ombros, pega um damasco e o coloca inteiro na boca, desmentindo a imagem de melhor amiga que sabe de todas as confidências.

— Deixar de ser feliz é pouco. Eu pensei em morrer. Se fosse morrer de amor, que lindo. Mas eu queria morrer só pra não ter que continuar viva e tomar decisões, e isso não foi nada legal. Agora estou bem. Tão bem que chegou o momento de eu contar pra vocês sem verter sangue de vexame pelos poros.

— Vamos lá, Emi. Qual é o seu maior segredo?

Às vezes, você faz questão de ficar sabendo de um segredo que depois preferia não ter sabido.

A VIDA É ASSIM, TUDO QUE VOCÊ VÊ DEPOIS NÃO PODE "DESVER". CUIDADO PARA NÃO OLHAR PARA O QUE VAI ESTRAGAR O SEU OLHAR #ANIME_UNIVERSE1418

28

— Acabei com o Victor só três semanas antes da viagem.

— Você o quê?! — grita Lorraine, alegre. Quer dizer que ela foi solteira para Tóquio. É uma ótima notícia, e ela escondendo o jogo.

Emi dá de ombros.

— Nossa relação foi tóxica.

— *Foi* — frisa Evelin, indiferente. Ela nunca ouviu falar nesse nome. — Então já é passado. Mas e daí? Quem é Victor?

— É o treinador de pilates do Gert — informa Lorraine, e Evelin implora com o olhar que lhe contem mais. Lorraine explica de forma bem didática, como se falasse a uma criança: — Emi estava de caso com ele desde que começou a acompanhar meu avô nos treinos. Foi uma coisa meio louca, eles se viram e gamaram, trocaram telefone e tudo mais debaixo do nariz do Vô Gert, lá travado das costas, coitado. Depois marcaram encontros, e estavam juntos há uns meses, felizes pra sempre, até que a morte os separe.

— E ninguém me falou nada? Meses?

Emi pede calma a Evelin com um gesto e assume o assunto:

— Estávamos juntos. Mas eu sou uma imbecil. Eu achei que ele queria ser discreto por causa do seu avô e por causa da ética profissional, afinal eu também treinava na academia dele. Mas, na verdade, ele queria me esconder da sociedade porque ele não é solteiro! Eu realmente fui só um caso pra ele. Burra!

— Cacetada, Emi! — Lorraine sabe o quanto Emi estava envolvida pelo misterioso solteirão. — E eu pensando que essa ia ser uma história picante antes de alguma coisa dar errado.

— Mas vai ser — começa Emi com um sorriso, pega o bule de ban-chá e se serve. — Precisa ser depois de tudo que aconteceu. Imagina só uma pessoa apaixonada de um jeito que parece macumba. Era eu desde a primeira vez que entrei naquele lugar. Tinha alguma coisa nele que me atraía, mas não era racional, e ao mesmo tempo me dava até medo.

"Como se sentir atraída por uma naja que você sabe que vai te matar com uma só gotinha de veneno. Quando marcamos de nos ver a sós pela primeira vez, foi quase ridículo. Ele foi ao meu apartamento, seu avô estava em Pomerode passando uma semana com o seu pai, resolvendo uns assuntos lá do sítio. Eu estava sozinha e o convidei. Ele foi até lá em todos os horários que, pela agenda, estaria atendendo o Gert. Era o álibi perfeito."

— Putz. — Evelin meneia a cabeça.

— Os poucos que o conhecem sabem que é o treinador do Gert, o velho que mora na cobertura. Perfeito. Não era estranho ele estar ali. Enfim, ele entrava e a gente não falava uma palavra. Sem "oi", sem "como vai?", em menos de um minuto já estávamos na cama. Todo o nosso namoro foi simples assim. Eu era livre, ele era livre, lembra? Solteirão. Eu não estava fazendo nada de errado.

— Nossa mãe! — Evelin morde o canto de uma unha. — Você ficou por meses transando sem parar com um homem no seu apartamento?

— Eu não sei se você precisa falar mais, Emi. Tudo que sei é que o Vô Gert comentou que seu treinador se mudou para o Espírito Santo. Ele está procurando outro que possa atender em casa, suas costas já voltaram a doer. Ele sempre quer um terapeuta que atenda em domicílio, assim ele já hipnotiza o coitado e vende o chá.

— Eu sei que foi intenso. Foi além do que eu precisava. Foi uma avalanche enquanto eu só queria uma brisa. Mas é incrível como estou cagando pra tudo que aconteceu. Tanto que não estou sofrendo nem um pouco em contar pra vocês. Realmente é a hora certa. Estou vendo muito claramente agora. — Emi respira fundo e a verdade naquelas palavras reverbera em seu ser. — Nós rompemos, e até o Gert rompeu com ele, mas ele continua no mesmo endereço.

"Ele apenas pegou uma licença indeterminada e está sem trabalhar. Eu não conseguia esquecer, e não era por amor. É como se aquela mesma coisa mágica e maldita que nos atraiu à primeira vista ainda estivesse ligada e ia me deixar louca. Eu fui rebaixada a um caso: o Victor é casado! Acreditam nisso? Casado! — Emi suspira profundamente e se recosta um pouco. — O sexo era quase de enlouquecer, mas não quero ser lembrada como os chifres de uma esposa inocente."

Segue-se um silêncio constrangedor. Emi pondera sobre a esposa inocente, se fala dela ou não. Resolve remover cirurgicamente a história da mulher de *tailleur* e saltos altos. Assim como removida está a participação de Gert e sua beberagem que potencializou o efeito do Viagra até causar danos homéricos.

— Você conhece a esposa dele? — Lorraine respira fundo e se recosta também, fechando os olhos.

— Felizmente, não — Emi fala sem corar, e sem mentir totalmente. Descobrir quem é a mulher não é o mesmo que conhecê-la. Afasta a sua imagem desfocada e pequena da cabeça. — Eu morreria de vergonha caso descobrisse que era uma pobre coitada. Passei meses com ele, vivendo uma coisa que eu nem sei explicar. Eu pensava que ele era sincero quando falava que nunca tinha sentido isso. Nós fomos perfeitos.

"Era um sexo muito intenso, que me deixava com medo às vezes. Era um medo não só dele, mas do que causava em mim. Eu percebia que ele me manipulava, me convencia de coisas... E eu achava que estava nas minhas mãos decidir quando a coisa se tornaria pública, mas não era um namoro para que eu falasse a alguém. Não cheguei a descobrir que relacionamento foi aquele. Não tinha pressa em colocar em palavras e em termos sociais, porque era delicioso ter tudo aquilo só pra mim. Só você sabia, Lorraine."

— Eu não sabia de tudo isso, não. Eu sabia que estava saindo com ele, mas não que era todo esse Kama Sutra.

— E ela não me contou nada — comenta Evelin casualmente, enfatizando a ofensa de ter sido deixada de fora. — Mas me fala, Emi, o Vô Gert é tão ciumento assim? Não saberem na academia eu entendo. Mas o avô da Lô...

Emi dá de ombros.

— O Victor já tem cinquenta anos.

— O quê?! — grita Evelin, dando um tapa na mesa e fazendo tilintar os talheres.

— Viu só como as pessoas reagem? Viu como era bom viver isso bem escondido? Ele é atleta, é especialista em pilates e tudo o que se possa imaginar em matéria de terapias corporais. Sua idade só é aparente nos cabelos brancos. É saudável e não dá confiança pra ninguém, e olha que a mulherada é desinibida em academias. Mas ele era um pilar da integridade, eu ouvia comentários do quanto ele era sério. E era só meu...

"Aí essa coisa de ele ser um monge que faz até limpezas corporais de dietas e remédios naturais o levou a usar alguns dos chás do Vô Gert. E eu ficava toda feliz quando podia eu mesma fazer algum especial só pra ele... — Emi olha para as próprias mãos. Para de falar imediatamente do chá. Essa parte elas não irão saber. Segue-se mais um silêncio. Percebe que as duas querem falar desembestadas, mas ficam se contendo. A eletricidade delas é palpável. Por um momento, permite que as lembranças invadam a sua mente. — Meninas... tudo aconteceu muito rápido entre nós. Se todo relacionamento tivesse essa intensidade, ninguém poderia suportar se relacionar! Foi quase violento, na verdade. Não poderia durar mais um dia. Graças a Deus eu consegui escapar dele."

— Ele te agrediu, Emi? — Evelin aproxima muito o rosto da câmera, como que querendo examinar a amiga.

— Não fisicamente. Apesar de que às vezes... às vezes eu tinha um pouco de medo dele na cama. Parece que ele se segurava pra não me machucar, mas quando dava vazão ao que sentia... Eu achava que era muito apaixonado por mim. Sei lá. Mas alguma coisa às vezes me assustava. Logo no começo, ele já começou a mostrar que era um homem abusivo, mas eu não percebi, eu não consegui enxergar que era violência o que ele estava fazendo. Achei que era ciúmes.

"Mas muito rápido começou a ir além de qualquer tipo de posse física. Era como se ele precisasse me mostrar que era meu dono. Ele queria anular minha vida até dentro da minha cabeça. E, se eu pouco fazia de extraordinário além de trabalhar, como ele ia me prender e me impedir? Se eu não fazia nada? Aí ele logo começou a me impedir de falar sobre os meus planos, minhas ambições. Não aceitava nada que não fosse com ele, e com ele no centro de tudo. Eram os primeiros tempos, eu estava muito envolvida, ele me dava presentes, e tinha essa química toda! E ele era lindo."

— Uma múmia velha. — Evelin torce o nariz. — Está na cara que ele sabia que você era muita areia pro caminhãozinho dele. Múmia!

— Uma linda múmia. Tipo galã de filme — emenda Lorraine, que o conheceu na terapia do avô.

— Eu fui muito manipulada, e isso me deixou com muita raiva. Eu fui uma marionete, sem vida própria, na mão dele. Fazia menos de dois meses que a gente namorava, e ele começou a me falar que eu tinha que vender o apartamento pra juntar o dinheiro com o dele, para juntos a gente comprar um lugar maior e melhor pra começar uma vida. Ele ficou inconveniente demais, me exigindo isso. Quando eu argumentei que não queria me desfazer do apartamento por ser herança do meu padrinho, ele ficou possesso. Ele passou a odiar meu padrinho sem nenhuma razão.

"Ele me maltratava sempre que ouvia falar na minha viagem. Tudo isso, pra mim, era ciúme de alguém muito apaixonado. Como se ciúme fosse fofo! Enfim, a coisa estava se encaminhando para algo pior, e eu não sabia até onde iria. Enquanto ele estava perto de mim, eu não conseguia raciocinar direito. E fui me distanciando de tudo. Quase desisti de viajar. Duas semanas longe dele era algo que ele não admitia, e ele falava que eu não ia ser feliz sem ele, então não tinha nenhum motivo para vir. Eu só chorava, porque ele sabia de todo o meu esforço pra conquistar esta viagem."

— Filho da puta! E meu avô com um terapeuta desse?!

— Por que você acha que o cretino não queria que a Emi falasse que estavam juntos? — Evelin pergunta, muito brava. — Ele tem algum tipo de demência, mas é muito inteligente para o mal. Se o Vô Gert soubesse, dava na cara dele!

— Tem razão, Evelin. Eu estava prestes a terminar com ele, já estava decidida, só esperando o momento certo. No dia em que ele falou que eu devia sair do emprego pra ficar com ele, ele cuidando de mim, eu tive um choque!

— Ele não te propôs isso! — Lorraine quer dar um safanão em Emi, e, se pudesse, lhe daria uns tapas! Como deixar um relacionamento chegar a tal extremo?

Emi gesticula para acalmar a fúria das duas, que falam ao mesmo tempo, ela não consegue entender. Lorraine sente calor, tanto que precisa prender o cabelo num coque de nó.

— Esse homem queria o seu apartamento, depois queria que você saísse do emprego... Mas, sendo casado, ele não ia ficar contigo. Só tem uma explicação! Ele ia te arruinar, te largar e te ver na sarjeta. Ele queria te arruinar, Emi!

— Que covarde. Ou… ou ele queria largar a mulher e ficar com você? — conjectura Evelin, roendo uma unha. — Ele merecia uma surra bem dada.

— Meninas! Por favor. É agora que vem a pior parte. Ou a melhor parte. Depende de que lado você está… Enfim, tudo acabou da pior forma possível pra ele, em vez de acabar da pior forma para mim. É agora que vem a parte em que vou revelar como foi que eu consegui me livrar desse psicopata, e pude resgatar minha vida, salvar meu apartamento e vir para as Olimpíadas!

Quem com ferro fere…

29

Emi sente o peso do olhar das amigas sobre si. Mesmo a distância, é muito pesado. Elas estão estarrecidas. Comentam entre si como é possível tudo aquilo ter se passado debaixo do seu nariz, e elas não perceberem. Que amigas inúteis! Onde estavam enquanto Emi era quase espancada por um opressor que queria destruir a sua vida? Como uma garota que passa por isso consegue esconder as marcas físicas e emocionais e prosseguir sendo abusada sem ninguém ver?

Então Emi retoma a narrativa:

— Eu tinha medo dele, sim. Na verdade, no fim eu já não estava mais apaixonada. Eu via que ele tinha algo de errado. Eu estava decidida a terminar com ele, mas era difícil, eu não podia deixar que ele ficasse furioso... Sei lá, era nisso que eu pensava. Quando nosso namoro não podia estar pior em todos os sentidos, uma coisa aconteceu...

— Pelo amor de Deus, Emi! Não conta como se fosse uma história, desembucha logo, sem rodeios.

A impaciência de Lorraine é imediatamente incentivada por Evelin. Emi se desculpa por ficar enrolando e acelera a narrativa sem mais suspenses. E é mesmo necessário falar de uma vez a parte mais constrangedora:

— Na verdade, eu não fazia ideia que ele usava Viagra pra transar. Ele é tão saudável e forte. Mas, enfim, as aparências enganam, e alguns homens com cinquenta anos não funcionam como os de vinte. Descobri isso da pior forma... porque ele enfartou no meio da relação.

Elas estão estáticas. Demora um pouco para começarem a esboçar reações.

— O quê?!

— Você arrasou com o velhote!

Elas não sabem se riem ou se choram. E ficam chocadas demais para rir ou chorar.

— Por imensa sorte, o Gert foi muito rápido quando eu apareci esmurrando a porta dele vestindo só uma camisa. Ele foi incrível, assumindo o comando, com a cabeça no lugar enquanto eu parecia uma barata tonta com um enfartado na minha casa. — Emi não revela que Gert a estava esperando com o plano já todo arquitetado na cabeça. Na ocasião, ela ainda não sabia nem do Viagra, muito menos do chá projetado para aquele efeito. — Eu não raciocinava. Nunca queiram ver um homem enfartar! Quase enfarto junto.

"Juro que as coisas se passaram como um borrão, e o Victor foi socorrido. Nem sei por tudo que passamos até que eu me vi ali, na sala de espera do hospital. O Gert estava muito calmo, e me tranquilizava quando via que eu mal podia ficar sentada ao seu lado. Ele me deu um calmante e me fez tomar. Eu confio nele, e, se ele estava me dando alguma coisa pra sossegar o leão, eu tomei na hora.

"E, minutos depois de Victor ter entrado de maca para a emergência, eu fiquei estranhamente anestesiada. Agradeci ao Gert por estar ali, e ele respondeu que eu não abrisse a boca e deixasse tudo com ele. Eu agradeci de novo, porque a situação era mesmo muito constrangedora e a última coisa que eu queria era abrir a boca.

"Uma menina pré-adolescente chegou de mãos dadas com a mãe, ambas bonitas e altas. Estavam correndo, e a menina perguntando sobre o vovô Víctor. Eu só olhei para elas, sem entender nada. Gert acenou para elas e as chamou. 'Olá. Eu o acompanhei até aqui', Gert falou para a mulher. 'senhor alemão!', a mulher veio assim que viu quem era. 'Como o senhor o socorreu?'.

"Gert mentiu que eu era a sua neta e explicou que estávamos na padaria de frente para a academia tomando um caldo, batendo papo, quando vimos o Victor saindo pela porta, cambaleando e tombando na calçada. 'Corremos até lá, ele estava bastante suado como se estivesse num treino pesado, mas desmaiou e não tivemos mais nada a fazer por ele a não ser acionar o resgate. O socorro chegou um pouco atrasado, ficamos quase em pânico. Minha neta precisou de um calmante, ela ficou muito assustada e estava preocupada comigo também, coitadinha. Ele provavelmente se esforçou demais no treino, mas, sendo tão experiente, eu não entendi nada. Mas vai dar tudo certo', Gert garantiu para a mulher.

"A história estava muito mal contada. Mas o homem enfartado era a única preocupação delas. 'A mocinha é neta do Victor?', eu consegui perguntar quando as duas já estavam mais calmas. 'Ah, ninguém fala que o pai já é avô! A mãe brinca com ele, que qualquer hora vai ficar com ciúme da mulherada. Elas vão à academia com dor nas juntas pra ele consertar. Mas ele brinca de volta e diz que prefere ela mesmo, com as dores que já são familiares. É tão bonito ver os pais da gente assim, parecendo namorados ainda...', a mulher respondeu pra mim.

"Eu não conseguia ouvir mais nada, um zumbido muito forte soou nos meus ouvidos. Um alarme tocou na minha cabeça quando a menina falou com alguém ao celular e depois reportou à mãe que a avó estava apavorada, chegando de Uber. A imagem inteira parecia um circo. Eu me retesei ao lado de Gert, e ele sabiamente me abraçou, mais para me conter, e falou para as duas: 'Bem, Cyntia, tudo aconteceu muito rápido. Não tenho certeza se a academia ficou aberta, se havia mais alguém ainda lá, talvez no vestiário... Mas não pense nisso. É importante vocês ficarem aqui, agora que a esposa dele vai chegar e falar com o médico sobre o quadro de saúde dele'.

"A mulher agradeceu efusivamente. Gert foi abraçado a mim, me tirando de lá imediatamente. No estacionamento, pegou a bolsa da academia de Victor no meu carro, eu sem saber como meu carro tinha ido parar lá, e sem me lembrar que a bolsa de Victor ficou comigo. 'Vamos para a academia', Gert sentenciou e assumiu o volante. Uma vez lá, plantamos a bolsa debaixo do balcão e deixamos a porta da academia aberta antes de ir embora. 'História confirmada, Emi. Não tem câmera aqui. Pronto. Ele nunca esteve na sua casa', ele me falou com calma."

VOCÊ PODE SE SURPREENDER COM A CAPACIDADE QUE TODOS TEMOS DE MENTIR, OMITIR, DISSIMULAR, E MAIS AINDA DE ACREDITAR, CONFORME NOSSA SANIDADE PRECISA DISSO.

30

— Sério que aconteceu tudo isso? Você tá brincando que *meu avô* fez isso? — Lorraine ri e se delicia como se Emi estivesse contando o roteiro de um filme de ação.

Evelin não externa seus pensamentos, recuada por sentir, pela entonação de Emi, que ainda tem mais coisa. E ela não a decepciona ao trazer o desfecho, em que é mencionada a pior parte:

— Dias depois, Gert me contou o desfecho do caso. Foi muito triste. Ele revelou que os exames de Victor haviam dado positivo para Viagra e que o enfarto havia sido o resultado. Foi assim que tanto eu como a sua família soubemos que ele precisava disso. Como ele tinha saído da academia e sido socorrido do lado de fora, e já que a academia havia ficado escancarada até o dia seguinte, nunca souberam quem estava lá dentro com ele.

"Sua esposa estava furiosa e pediu a separação, mas a família pediu a ela que esperasse ele se recuperar, pois ele estava com paralisia lateral do corpo, da cabeça aos pés, e ia precisar de muita fisioterapia. Gert me convidou para fazer uma visita, eu estava tão chocada que aceitei sem pensar no que iria ver. E o vi sentado numa cadeira de rodas, com saliva no canto da boca, incapaz de comandar sequer que a boca ficasse fechada..."

Emi tem um lampejo de nitidez na imagem, e vê, de fora da cena, Victor e ela se olhando nos olhos por um momento mudo, ele parece uma fotografia póstuma do século XIX, um olhar tão ausente de pulsação. Aquela casca não é mais o Victor. E é a despedida. Não sobra mais nada.

Num misto de sensações horríveis, Emi sente claramente que nunca teve nada ali pela parte dela, a não ser uma aventura sexual intensa, que talvez nem foi tão incrível assim. Mas ela, em sua inexperiência, não teve como se proteger de um homem mais maduro tão cheio de artimanhas. E no tocante a ele, apesar das teses que ela leu e que o explicavam tão nitidamente, ela não poderia jamais saber o que realmente ele sentia ao envolver mulheres diferentes e trabalhar suas mentes até que elas cometessem suicídio. O fato de haver entre eles uma família enganada de repente era o foco central, era uma situação sórdida que só podia fazer com que se sentisse imunda. A filha e a neta, tão inocentes, partiam seu coração.

Diante do triste quadro, Emi sentiu lágrimas nos olhos e não se aproximou muito do homem que pouco tempo atrás estava com ela na cama, mas viu Gert chegar muito perto dele e falar ao seu ouvido algo que ela entendeu bem:

— Nunca mais chegue perto dela, seu psicopata.

Fingiu um contato de conforto em seu ombro. E Victor não esboçou nenhuma reação. O jogo tinha acabado.

— *Game over* — Emi fala baixo.

Evelin quebra o silêncio depois de alguns instantes:

— Emi, ele te enganava há meses, você não sabia que ele tomava essa droga. Poderia ter acontecido em qualquer ocasião. Poderia ter acontecido até com a esposa dele.

— A não ser que ele tenha tomado uma dose maior contigo pra te impressionar — Lorraine opina sem firmeza, pois desconhece o uso e a posologia do Viagra.

Emi tem um arrepio de repulsa só de pensar nele e seus comprimidos para ter desempenho de garanhão. Porque ele não a amava, nada era real. Ele é demente, e ela teve muita sorte de ele realmente ter sido colocado fora de combate. Enquanto pensa nisso, seu rosto vai se fechando numa carranca e seus ombros se encolhem.

— Apenas não se sinta culpada pelo que aconteceu. Não é culpada de nada. Não é verdade, Lô? Ela não tem culpa. Ele fez tudo sozinho. Armou a cama e deitou nela.

— Enfim, meninas, eu aprendi uma lição. — Emi suspira. — Velhos? Tô fora! E quando for namorar de novo, vai ser no sofá da sala da família do jovem, conhecendo tudo da vida dele, até o nome do cachorro, do gato, do papagaio!

— Um brinde a todos os homens jovens e sem mistérios desse mundo! — Lorraine ergue a taça com marcas de gordura de pizza, Evelin ergue a sua taça quase vazia e Emi ergue o copo de cerâmica. Esperam Lorraine fazer o brinde, e depois repetem juntas: — Velhos assanhados? Tô fora!

As três desconectam a ligação depois de Emi dizer que aquelas lágrimas são porque ela está livre de Victor, e sente vergonha por não sentir pena dele. Ele merece ficar meses recuperando um a um de seus movimentos para quem sabe, no futuro, dar mais valor às pessoas e reconhecer que não se pode arrasar a vida dos outros sem que sua vida também se arrase. Evelin suspira, feliz por ser virgem, não por causa de um hímen, mas por muitas outras coisas estarem intactas em sua alma. Lorraine está muito desconfortável. Para ela, ser irrepreensível aos olhos do avô é fundamental. Um erro de Emi parece respingar nela. Enfim, depois da merda, dar a descarga. Limpar a bunda. Esquecer.

Antes de deixar o restaurante, Emi encontra uma linda foto do detalhe do tronco tortuoso de uma cerejeira. O espetáculo da floração aconteceu em março, mas as cerejeiras ainda são belas com a luz do sol se infiltrando por seus galhos, e Emi tem talento para fotos fechadas em pequenos detalhes. Legenda a imagem e posta.

EXISTE UM TEMPO CERTO PARA TODAS AS COISAS DEBAIXO DO SOL. SE VOCÊ DESOBEDECE A ORDEM NATURAL DOS ACONTECIMENTOS DA VIDA, ALGUMA COISA VAI SAIR MUITO ERRADA.

31

À tarde, Emi tem uma estimulante competição de semifinais de esgrima e, apesar de seu assento ser bem atrás, não perde os detalhes. Esta área do estádio não foi preparada com o requinte programado inicialmente, alguns reajustes orçamentários foram necessários, e as arquibancadas são mais simples e rústicas. Não há, de qualquer forma, reclamações dos atletas ou visitantes. Quem vive no universo dos esportes está muito acostumado com instalações pouco charmosas, para dizer o mínimo. Só é necessário ser funcional, porque só o que importa é a medalha no peito e o hino nacional.

Na volta para o hotel, pensa que quando os eventos inventam de ser desastrosos em cadeia não tem quem segure, e sua cota de desastres foi vivida toda de uma vez só. Deve estar, nesta altura do campeonato, pelas leis do universo, livre e isenta de novos infortúnios para o resto dessa encarnação. E como não acredita em outras encarnações, já está quitada com o destino para todo o sempre. Agora só lhe resta ser feliz.

Sentiu alívio ao dividir a história com as amigas, ainda que o real perigo de morte pelo qual passara não tenha sido mencionado. Nunca mais passará por nada parecido. Porque não merece. E porque não é mais idiota.

Acaba perambulando pela cidade, olhando vitrines e aproveitando para comprar vários presentes. Muitos colegas, além dos amigos e a família, estão ansiosos, esperando lembranças do Japão. Ela alterna presentes típicos japoneses e presentes que tem a ver com esporte. Tem para todos os gostos.

Só o que não tem mais é tempo. A viagem chega ao fim.

Emi tem consciência de que não levará apenas presentes e lembranças na mala e no coração. Nesses dias, ao som sofisticado de Gentle Giant, ela teve o tempo necessário para se olhar e realmente se ver. E está contente com o que viu. Ela leva para casa uma nova Emi, e essa nova Emi é quem ela quer ser. Alguém que sempre esteve ali, e que não poderia ser mais real, com cada uma de suas faces, defeitos e pecados. A Emi desperta.

32

DIA 13

Faltam dois dias para o fim da estada em Tóquio. Está chegando a hora de empreender a longa viagem de volta. Mas não ainda! Ainda com um pouco de tempo para aproveitar, Emi escolhe um vestido *midi* com estampas geométricas bem confortável. Não é dia de rosa-chiclete, de camiseta e moletom com tênis. Está em Shibuya!

Cronometra a caminhada até o estádio, vê que ainda dá tempo. Busca arquivos de música e vai com certa tristeza, olhando tudo em volta e querendo que aquele lugar jamais deixe suas melhores lembranças.

— Emi! Emi!

Ela se sente subindo à superfície de si mesma quando ouve em coro duas vozes chamando o seu nome, e faz um grande esforço para desvanecer de seu rosto as ponderações. São seus amigos recentes, com quem formou seu novo triunvirato, dois hóspedes brasileiros do hotel saindo para a calçada.

— Olá, amores!

Acena e sorri para o jovem casal, lembrando-se de que eles marcaram na véspera de ir juntos nos jogos daquela tarde; ela se esqueceu totalmente. É uma sorte ter chegado ao ponto de encontro a tempo.

— Como vai ser hoje? — pergunta o rapaz.

— Tem o ônibus da linha Ginza daqui a alguns minutos — comenta a moça.

— Na caminhada, pessoal! Vamos lá, preguiçosos!

— Vamos caminhando, então. Temos tempo.

— Quase não temos tempo, isso, sim — resmunga a garota, mas fala de outra coisa.

A viagem a Tóquio está no fim para todos. É a última ida ao estádio. A partir de agora, tudo que fizerem será a última isso, o último aquilo.

Emi consegue sorrir o sorriso de sempre, e eles se vão batendo papo. O casal mora em Chiba e está passando uma semana de férias em Tóquio para aproveitar os jogos. Assim como Emi, prepararam-se para aquilo há tempo. Muitos planos e muita economia.

Durante um café da manhã, da mesa ao lado eles contavam piadas e riam sem se importar que as piadas fossem sujas, e sem tentar baixar a voz. Emi achou uma delas particularmente engraçada e não conseguiu se segurar, desatando a rir. Eles perguntaram se ela falava português e se desculparam pela enxurrada de obscenidades. Era o primeiro encontro perfeito. Eles a fizeram rir o tempo todo depois do episódio. Conseguiam deixar tudo engraçado.

Tiram diversas fotos juntos, e Emi as posta dizendo a todos que não se preocupem, que ela fez amigos do interior de São Paulo que trabalham no Japão e conhecem tudo por lá.

Eles a levaram para jantar em lugares ótimos nas duas noites em que saíram juntos, mas ela sempre queria voltar logo para a sua suíte, nunca ficando fora até tarde. Emi não é mesmo uma pessoa noturna.

Ela apenas nunca lhes disse que era porque não podia deixar de assistir a *Tokio2020*, ver seu namorado virtual para poder dormir feliz depois. Ela não queria que namorar escondido se tornasse um padrão, mas estava acontecendo de novo.

Estão no mesmo hotel e fazem quase tudo na caminhada, pois a região de Shibuya tem tudo concentrado nas proximidades.

No quarto dia de amizade com o casal de comediantes, Emi se sente familiarizada com eles, como se fossem amigos antigos. Não poderia haver maneira melhor de passar seus últimos dias em Tóquio. Bem acompanhada, rindo e fazendo rir.

ABRINDO UMA PORTA NA SUA VIDA, VOCÊ ESTÁ VULNERÁVEL E ISSO ASSUSTA A MUITOS. MAS NUNCA SE ESQUEÇA QUE A CHAVE É SUA. NÃO PRECISA ABRIR A TODOS QUE BATEM. APENAS TENHA EM MENTE QUE UMA SALA HABITADA TEM MAIS CALOR E MAIS RAZÃO DE SER DO QUE UM MERO CÔMODO VAZIO. #PASSOSNAAREIA

33

A Universidade de Tóquio é impressionante desde o primeiro vislumbre a distância. A alameda de imensas árvores amarelas é um espetáculo à parte. Utilizando o ônibus da linha Namboku para chegar logo pela manhã, Emi se vê diante do grandioso prédio nas primeiras horas, fazendo fotos e áudios para os seus pais. Revela só no último instante que pretende conhecer a professora que inspirou o seu nome. Ainda não sabe se vai conseguir encontrá-la, mas há uma grande possibilidade.

O dia está lindo, como todos os anteriores. Emi terá as lembranças mais ensolaradas e coloridas desses lugares. E se apresenta com o melhor *look* que trouxe na mala.

Não sabia se teria coragem de ir até lá, era um plano secreto seu, escondido desde muito antes de aquela viagem realmente tomar forma e se realizar. Num rompante de coragem, entrou em contato na véspera, perguntando se a professora Emi Yoshida ainda lecionava lá. Descobriu que a professora não mais leciona, pois atualmente é a responsável pela vice-reitoria da universidade.

Emi tentou ser o mais desenvolta possível em sua argumentação para conseguir ser recebida pela vice-reitora. Não era nada fácil. Não havia nenhuma motivação profissional. Era apenas uma garota do Brasil que estava ali fazendo aquele pedido esquisito.

Não conseguindo falar diretamente com a professora pelo telefone, conseguiu que ao menos lhe dessem uma esperança de poder falar com ela pessoalmente antes de sua agenda, às nove horas, na manhã seguinte. Ela teria breves minutos, caso a vice-reitora pudesse atendê-la. E era improvável que fosse dar certo.

Emi não se importou com a dificuldade em se encontrar com a professora. Ela queria muito visitar a universidade e, como agendou um quase encontro, pelo menos estava com o seu nome no atendimento ao cliente e poderia passar da portaria.

Ia ser recebida pontualmente às nove horas e não queria se atrasar. Como era um lugar muito grande, era providencial chegar com uma hora de antecedência, assim não estaria nem afobada e nem suando quando adentrasse o gabinete da importante professora.

Não pode evitar que suas mãos suem ao ser introduzida na sala elegante, pensada para oprimir os estudantes. Após alguns momentos tensos na antessala, o funcionário recusa a sua entrada. Emi já foi longe demais em sua tentativa para desistir, então faz seu último apelo, sem saber se dará resultado. Fala que está ali da parte de um antigo aluno de Veterinária, Yamada Paulo Hiro.

O nome abre as portas. Em segundos, ela está diante da professora, que sai da cadeira de couro e contorna a mesa oval, parando na sua frente. Trocam uma breve reverência, e Emi agradece por não terem o hábito de apertarem as mãos; as suas tão suadas iam denunciar todo o seu nervosismo.

A professora é uma mulher incrivelmente jovial para a idade. Elegante em um terno e gravata de corte feminino em tom pastel. Os sapatos são de saltos médios, e ainda assim é mais baixa que Emi. Traz os cabelos presos em um coque casual, meio despenteado, o que suaviza o rosto perfeitamente maquiado.

Ela é direta, depois que o funcionário sai e fecha a porta:

— Vem por parte do senhor Yamada?

— Senhora Yoshida, me perdoe. Venho por conta dele, mas não a pedido dele. — A mulher estreita um pouco os olhos numa expressão que não denota se está ou não contente. Na dúvida, e sabendo ter pouco tempo, Emi respira fundo e fala de uma vez para evitar qualquer desconforto maior: — O senhor Yamada foi meu padrinho, me contou tudo sobre essa universidade durante a minha infância. Eu sonhava conhecer esse lugar um dia ao lado dele, era uma promessa sua... — Sem saber o porquê, Emi sente que vai começar a chorar. Contendo-se, faz com que sua voz perca a intensidade: — E ele cumpria as promessas...

— O senhor Yamada *foi* seu padrinho?

— Padrinho Paulo Hiro faleceu há doze anos.

Mesmo que discretamente, o semblante e os ombros da professora Yoshida caem um pouco. Ela se recosta à mesa atrás de si. Fica em silêncio, digerindo a notícia. Apesar de recuar, ela não demonstra estar se fechando.

— Morto? Doze anos? Eu sinto muito, senhorita Lins, pela sua perda.

— Sou Emi Lins. Ele me deu o seu nome, professora. Você foi muito importante na vida dele. Deixou uma marca indelével em seu espírito.

— E ele no meu. Nós éramos bons amigos, até onde o relacionamento de professor e aluno permite. Nosso senso de humor era parecido. Essa é a cola que une os melhores amigos; saber rir junto e saber rir das mesmas coisas.

— Eu vou ter isso em mente. Rir junto é mesmo importante. — Emi sorri, algumas lembranças do padrinho a deixam muito humorada. Seria esse o segredo? Já faz tempo que deixou de sofrer pela sua partida precoce. Lembrar-se já se converteu em um prazer. — Professora Yoshida, tenho uma pergunta um tanto direta, desculpe. Mas você sabia que ele te amava a ponto de me batizar com o seu nome?

— Nós não trocamos endereço ou telefone, naquela época não existia rede social e páginas virtuais para seguirmos as pessoas a distância. Depois que ele se foi, nunca mais ouvimos falar um do outro. Tanto que, depois de doze anos de seu falecimento, se eu me lembrasse dele hoje seria com a curiosidade de saber por onde andava.

A professora anda pela sala com seus passos comedidos e para diante de um porta-retrato na estante cheia de livros. Fica parada ali, e Emi percebe a deixa e se junta a ela. O retrato exibe a professora sorrindo na ventania com um rapazinho abraçado ao pescoço. Os lisos e desalinhados cabelos orientais ao vento em meio às pétalas de flores, nos animes, ilustram os momentos mais emocionais, quando palavras às vezes faltam ou não são necessárias. A carícia do vento é um bálsamo para consolar quem sofre, e é reconhecimento quando o vencedor moral merece. Cabelos orientais ao vento simbolizam muito para Emi. E, quando ela está com muita raiva de alguém, costuma dizer que a pessoa não merece os cabelos ao vento. Nem todos entendem a referência.

— Linda foto.

— Meu filho se chama Hiro. Eu nunca o chamaria de Paulo Hiro. — Ela balança levemente a cabeça. — Mas um grande amor precisa viver depois de nós.

— Ele é filho do meu padrinho?

Emi fica hipnotizada pela foto. Depois de já ter perguntado, sente-se profundamente arrependida.

— Oh, não! — A professora ri com leveza, e Emi fica grata por não ter feito uma besteira. — Eu fui mãe anos depois. Paulo Hiro e eu nunca nos tocamos. E bem por isso algo se manteve intacto entre nós. E agora há o meu filho, e há você, moça bonita.

Elas olham para a foto, os cabelos ao vento com pétalas de flores imaginárias. Emi repete mentalmente: *muitas vezes na vida temos que ter a perspicácia de saber quando alguma coisa deve permanecer intacta.* Quem dera saber disso antes.

Num lampejo, uma sensação intrusa a assalta, e ela se vê tão invadida e estrebuchada nas mãos indóceis de um maníaco que quer pular da janela e se matar lá embaixo. Imagina se a sensação de impotência diante do que não se pode mudar é uma constante na vida de todo mundo. Será possível imaginar que todas as pessoas carregam um ressentimento inevitável? É esse reconhecimento que traz a luz da plenitude ao olhar de um adulto?

O que não daria hoje para permanecer intacta como Evelin se mantém?! Antes de conhecerem o lado de lá, o lado obscuro onde a vergonha e o crime repousam, todos têm olhos como os de Evelin, cheios de pureza.

Um relance, e Emi fica grata por estar ali, abraçada pela memória do padrinho. Quase pode tocar a sua mão, caída ao lado da sua, como se estivessem lado a lado diante da professora.

O importante não é estar intacto, mas estar cicatrizado.

Ela não quer ir embora ainda, mas a professora dá uma discreta espiada no relógio caro que traz ao pulso, então Emi decide não ser inconveniente.

— Agradeço muito pela sua atenção, senhora. Eu sempre fui muito feliz por ter o seu nome.

A professora faz uma leve reverência.

— Saio para almoçar ao meio-dia. Ainda vai estar aqui?

— Almoçamos juntas? — Emi sente o coração acelerar.

— Claro! Vou te contar um monte de coisas sobre o seu padrinho! E espero que você me conte tudo sobre ele. Quero saber tudo que ele fez da vida ao ir embora para o Brasil!

— Sim! Estarei à sua espera ao meio-dia.

Quando Emi abre a porta e já projeta o corpo para fora, a professora a chama, não para dizer mais nada, mas só para falar o seu nome:

— Emi!

— Emi! — responde Emi, sorrindo, antes de deixar o gabinete.

QUANDO O SONHO DEIXA DE SER SONHO E SE REALIZA, VOCÊ COMPROVA QUE VIVER É MUITO MELHOR DO QUE IMAGINAR A VIDA! ARREGAÇANDO AS MANGAS, LÁ VOU EU! #KAMPAI

34

As duas horas que passam conversando em um restaurante charmoso, perto do campus, vão muito além do almoço. Emi tem um álbum de fotos de família no Google Drive, e muitas fotos do padrinho, algumas no consultório, sorrindo com seus pacientes peludos no colo. Ele vivia cheio de pelos de gato.

Emi não tem imagens dele do seu último ano, definhando e morrendo. Apenas de antes, apenas bons momentos, os que nunca se apagarão nem nas fotos e nem no seu coração. Dos momentos difíceis ela não guarda nenhuma lembrança.

A professora sorri com ternura a cada imagem.

— Ele era um rapaz muito inteligente e dedicado. É muito bom saber que exerceu com competência sua profissão. E vejo que você é uma joia preciosa. Se tem um pouco dele em você também, então a existência dele é muito honrada.

Emi sente a garganta se fechando.

— Você não faz ideia do quanto dele existe em mim.

— Se você me contar, eu saberei. Até aqui eu sei que ele te deu o meu nome. O que mais?

Emi guarda o celular na bolsa frontal da mochila e a pendura no espaldar da cadeira.

— Paulo Hiro era um grande amigo dos meus pais. Eles se conheceram por acaso, o pai dele era o fotógrafo do bairro. Eles se tornaram próximos porque o padrinho gostava do jeito da minha família, de pessoas pacatas e discretas. Quando eu nasci, ele se afeiçoou muito a mim. Já havia pedido que, se fosse menina, me chamassem de Emi. Era um nome diferente, mas era bonito. A região de São Paulo de onde somos tem um grande número de japoneses, como a senhora deve saber. Não soava estranho.

— E você não tem nenhuma descendência japonesa?

— Não.

A professora arregala os olhos, admirada.

— Eu não sabia. Você fala tão bem, e se parece tanto com uma japonesa. Paulo Hiro não plantou uma semente em seu coração. Ele plantou um jardim.

— Meu padrinho cultivou em mim o que ele provavelmente gostaria de ter cultivado em uma filha, mas ele nunca se casou. Ele me impactou com essa cultura. É impossível você ser paulista e não ter amigos, vizinhos, colegas ou até parentes japoneses.

— Verdade? Apesar de saber que houve grande imigração para o seu país há um século, eu não sabia que era uma presença tão fortemente marcada ainda hoje.

— Não é para quem não tem um olhar mais atento. Os japoneses são discretos, não fazem alarde de sua presença. Mas em muitos lugares, em cidades diferentes, eles ainda fazem o festival anual, no qual celebram sua cultura desde as tradições até as novidades. Na mesma festa você come e bebe, assiste a danças e lutas marciais, vê mostras de arte em aquarela, as cerejeiras e carpas ao lado do *karaoke* e dos mangás.

— Que salada mista! Deve ser muito engraçado, né?

— É divertido. Vivo num país onde existem muitos povos diferentes e eles celebram seu lar ancestral em forma de festas alegres e cheias de comida. Mas eu vejo um padrão nos imigrantes e suas tradições.

Emi bebeu um pouco de chá. Ela preferiu chá quente, e a professora toma chá gelado.

— Qual padrão?

— Quem imigra leva o lar consigo. Então a lembrança se cristaliza. O Japão, assim como todos os outros países do mundo que enviaram multidões ao Brasil, prossegue evoluindo, mudando constantemente em todos os aspectos, se tornando um novo lugar a cada geração. Mas quem imigra fica com a lembrança do que era no momento da partida. O Japão, para os velhos japoneses do Brasil, não é o seu Japão, professora.

— Eu entendo o que quer dizer. Nunca tinha pensado nisso. Mas eu me lembro das vezes que eu ri muito com Paulo Hiro e com outros japoneses nascidos no Brasil, mas que vinham de famílias que se mantinham um tanto fechadas para as novas culturas. Eles eram tão antiquados!

— Exatamente. Acho que podemos dizer isso.

A professora pensa um pouco no que acaba de ouvir da menina não japonesa que poderia enganar a qualquer um.

— Então o imigrante vive a memória de um país que não existe mais. Isso é triste, porque ele nunca poderia voltar.

— Oceanos de tempo e espaço os separam de seu mundo. E eles só verão nos olhos de seus filhos a alegria de pertencer a um lugar e a um tempo. Todo imigrante carrega em si uma melancolia. Ele não pertence ao novo lugar, mas não pode mais voltar. Seus filhos irão pertencer. Mas o imigrante não pertence a lugar algum a não ser à saudade que carrega.

— Essa saudade é uma contradição. — A professora mostra interesse no que Emi tem a dizer. — Quem deixa seu país é sempre pelo desejo de uma vida melhor. E se ele precisa de uma vida melhor, significa que não está em uma boa situação. Deixar seu lar para trás é sinal de que ali não existe o mínimo necessário. E, mesmo assim, ao chegar no destino que poderá ser mais generoso, ele ainda não alcança a felicidade. O que fazer? Fale você, que vive num país quase totalmente feito de imigrantes, como o brasileiro consegue viver com tanta tristeza?

— O brasileiro mente para si mesmo, fingindo que é alegre sem ser. Nosso clima ajuda muito, sabe? Somos solares de pele tostada, e essa natureza generosa nos impulsiona, e contra a alegria do sol e do calor não há nada que possamos fazer. É contagiante e paira acima da nossa vontade. E nós hoje já somos nascidos naquela terra. Já pertencemos.

— Necessariamente felizes. Quem diria que são felizes por conta do sol e que isso não pode ser mudado?!

— Agora você sabe a verdade sobre o drama brasileiro! Não importa se sofremos, prosseguimos solares, de riso fácil.

— Mas não conhecem a felicidade de pertencer, como milenarmente os japoneses pertencem. Porque mesmo que de longe ainda são imigrantes.

Depois de pagar a conta, vão caminhando lentamente pela calçada. Falam com humor, a professora ainda fazendo mais perguntas sobre o seu aluno predileto. Emi não fala dele há tempos, e é muito bom se lembrar.

— Quando eu era criança, nós morávamos num bairro que era cortado por um riacho. Todo ano havia a cerimônia das lanternas flutuantes, comandada pelos pais do padrinho, que já eram muito idosos. Ele nasceu quando já tinham uma idade boa para serem avós. A natureza encontra seus caminhos...

"Como seu *filho da idade*, eles o amaram muito, eram devotados a esse filho. Paulo Hiro conheceu amor e cuidado muito grandes, e isso ele refletiu em mim, que também fui *filha da idade*. Ele me deu muito amor, pois o tinha em abundância. Não sei por que ele não quis se casar e ter sua própria família. Ou ele não quis... ou ele não encontrou a pessoa certa."

— Na verdade, ele morreu cedo, poderia ter se casado se não tivesse ficado doente precocemente — opina e professora, e Emi concorda.

— Nós não sabíamos o que era a cerimônia das lanternas flutuantes, mas era a coisa mais linda que eu já tinha visto. Ficou em mim gravado como se fizesse parte das minhas raízes. Mas eu nunca mais participei de nenhuma. E nunca fiz em memória dele.

Elas chegam na alameda diante da imponente fachada central da universidade. Ficam um tempo olhando para o edifício, e então, respirando fundo e com um sorriso amplo, a professora Yashida faz uma reverência longa, que Emi corresponde.

Assim como no passado, quando ela não trocou endereços e contatos com o aluno, agora não troca contato com a afilhada. Mas ao entrar em seu gabinete se senta diante do computador e busca Emi Lins, que, felizmente, não tem homônimas.

Sentada no ônibus e abraçada à mochila, Emi olha a paisagem de Tóquio pela janela. É mais ampla e rasgada do que em Shibuya, e não dá, afinal, a sensação apocalíptica de superpopulação de seus arranha-céus iluminados.

Tóquio é linda.

A professora Yoshida lhe disse como despedida que sua conversa lhe despertou o desejo de conhecer São Paulo. Se um dia ela for até lá, gostaria de reencontrá-la.

Sente a mochila vibrar de leve e leva a mão ao zíper frontal, resgatando o celular. Não há muitas mensagens acumuladas, visto que seus triunviratos estão dormindo na porção do mundo onde reina a noite. Abre o Instagram e vê um pedido para seguir o seu perfil. É a sorridente professora Yoshida numa foto de férias diante do Monte Fuji.

Ela aceita o pedido e também passa a segui-la no perfil que não é o corporativo. Ali encontra fotos de família, de gatos de estimação, de viagens e muitas fotos de comidas e bebidas, ela sempre rodeada de pessoas em restaurantes da moda.

— Você merece o vento nos cabelos, professora.

35

Na mesma tarde, Emi está com as mãos nos bolsos do elegante vestido comprido, e Saori a segura pelo braço, andando junto com seus passos. Emi não sabia que em tão poucos dias podia desenvolver um afeto tão profundo por pessoas tão diferentes e exuberantes. Suas amigas de sempre foram tão suficientes em sua vida que ela talvez sem querer bloqueou a entrada de novos amigos e deixou alguma coisa subdesenvolvida em seu espírito. Perto deles parece ser muito fácil fazer amizade. Eles são tão descomplicados.

Conta em detalhes toda sua visita à universidade e o encontro com a ilustre vice-reitora. Assim os novos amigos também já ficam sabendo de seu padrinho e da importância que ele teve em sua vida. Emi se sente contente em falar sobre todos aqueles detalhes de sua vida para eles, que na medida do possível lhe contam tudo também.

— Saori, por que vocês se casaram tão cedo?

— Minoru e eu temos certeza de que vamos ficar juntos a vida inteira. Tivemos a oportunidade de vir pra cá, mas minha família não aceitou que eu viesse sem me casar. Eu só tinha dezessete anos e ele dezenove, acredita? Ah, nosso casamento foi tão lindo! E já faz cinco anos. Nós não nos arrependemos de nada. Vamos voltar para o Brasil no ano que vem.

O rapaz sai do empório da esquina e corre na direção delas, alcança-as logo e lhes dá copos de *bubble tea* gelado comprado com os trocados dos três, numa vaquinha.

— Sim, vamos voltar e queremos te encontrar!

— Eu também quero. Vamos ficar em contato.

— Obrigada, Emi — Saori fala um pouco tímida. — Quando tivermos um bebê, você aceita ser a madrinha?

Emi sente como se uma descarga elétrica percorresse o seu corpo pelo convite inesperado e por sua relevância. Pela primeira vez, sente que faz a diferença na vida daquele jovem casal trabalhador e tão esforçado. Eles, ainda adolescentes, saíram da casa e dos cuidados dos pais, deixando o país e se esforçado bastante a cada novo dia naquela terra distante. Contudo, a grande responsabilidade de ganhar dinheiro e poupar o máximo, a independência, nada disso tirou sua jovialidade. Não é possível ver nenhum peso sobre os seus ombros.

Num relance, o sorriso tímido de seu padrinho lhe vem à memória. Ser madrinha é muito significativo; ela mesma talvez só esteja ali pelo seu padrinho, pela sementinha que ele plantou em seu coração, pelo nome que lhe deu e que evocava algo irresistível que a atraía.

É uma grande responsabilidade.

— Eu aceito! — Emi responde rindo, e dentro de seu peito a pedra começa a derreter irremediavelmente.

Quando um dia se lembrar de que chegou a Tóquio com uma alma totalmente negra e grudenta de piche escaldante, com medo de tudo que pudesse se chamar amor, ela vai menear a cabeça e genuinamente não saberá mais como sentir aquilo, sequer quantificar seu peso ou qualificar sua relevância. É um nada.

Caminham por Shibuya ao anoitecer, resolvem não jantar porque lancharam pelas ruas enquanto andavam e batiam papo. Passam na Doceria Takemura e cada um compra seu doce predileto. Emi compra a charmosa embalagem com dois tarutos, e juntos voltam para o hotel, despedindo-se no saguão. O casal vai ficar no salão de jogos vendo as últimas competições do dia pelo telão instalado especialmente para as Olimpíadas. É noite de futebol, e o Brasil estará sobre o gramado.

Emi até pode assistir ao jogo, mas não antes de ver TV comendo taruto e paquerando Ichiro no seriado, o magrelo atrapalhado do vozeirão. Seu coração acelera quando o vê na tela. A sensação é incrível.

Nesse episódio em particular, ele chega ao ápice. Contrastando com o sucesso do galã, que é um médico assediado por todas as enfermeiras e pacientes, o amigo desastrado não é nada feliz na vida profissional, não consegue um emprego decente, e dessa vez consegue pagar o aluguel fantasiado de Super Frango na porta de um supermercado. A fantasia é arredondada e ele se esconde por inteiro lá dentro, apenas a carinha sorridente aparece dentro do bico escancarado do frango. No momento em que leva um tombo, não consegue mais se levantar, as pernas para o ar dentro do enorme frango estatelado diante das portas do mercado. Emi ri até verter lágrimas.

Esse é o meu namorado japonês!

A série acaba, aquele é o último capítulo, o casal protagonista da trama romântica, depois de tantos altos e baixos, finalmente vive o seu *felizes para sempre*, até com um filhinho lindo e uma mansão. O amigo atrapalhado conhece uma moça tão atrapalhada quanto ele, ambos num emprego novo, com a promessa de se apaixonarem.

Mais tarde, Emi sintoniza no futebol e ainda assiste ao segundo tempo, com uma vitória muito sofrida do Brasil sobre a Inglaterra. Um jogo tedioso com apenas um gol. Ela não sabe por que tanta gente gosta tanto de uma modalidade que, após noventa minutos, se dá por feliz com apenas um gol marcado. É inaceitável tanto tempo e tanta energia para tão pouco resultado. Mas, enfim, é uma vitória, e vale estar de camiseta verde e amarela na manhã seguinte, seu último dia de viagem.

Enquanto escova os dentes, Emi fica se olhando no espelho. Fica um tempo com a boca cheia de espuma, absorta. Depois enxagua a boca e lava o rosto. Seca-se e de novo se olha. Sorri, sentindo-se digna.

— Emi, você vai ser madrinha!

SEM PALAVRAS PARA A FELICIDADE QUE SINTO! #GRATIDÃO

36

DIA 14

Sábado, café da manhã do hotel com ovos, bacon, pão, café com leite, iogurte e suco de laranja. Tudo triplicado na mesa rodeada pelos cotovelos de Emi, Saori e Minoru. Eles não têm pressa, estão com tempo o bastante para uma conversa divertida, uma retrospectiva das competições que viram juntos. Depois de reforçarem suas promessas de reencontro, os três se abraçam apertado, e Saori chora dando o adeus. Emi está feliz com mais um triunvirato. "Triunvirato Tóquio", eles nomeiam um grupo para os três no Whatsapp. Eles dois têm um trem a tomar. Emi tem uma limusine para a levar até o aeroporto.

— Devíamos ter nos conhecido antes! — Minoru fala, consolando Saori.

— Não vamos pensar no que poderia ter acontecido antes.

— Temos a vida inteira para nos encontrarmos em São Paulo! Ano que vem vocês já vão voltar. Eu não vejo a hora — pondera Emi.

— Depois de todos esses anos, não tínhamos mais amigos no Brasil. Você é especial, Emi.

Acenam, e Emi volta para a suíte para acabar de arrumar a mala tão lotada que pode explodir a qualquer momento. O *Memorial do Convento* está lido, no fundo da mala, e ela se lembra do quanto chorou enquanto Blimunda procurava por Baltasar. Um dia ela vai amar assim?

No lugar do livro, na mochila de mão, agora vai uma pilha de mangás originais em japonês. É uma arte tão linda que dá vontade de destacar as capas e fazer painéis para as paredes. Talvez faça isso para decorar o apartamento.

Para sua sorte, pega um táxi cujo motorista se mostra falante e simpático. Vão conversando animadamente até o aeroporto, e Emi não sente nenhuma timidez de confessar sua tristeza de ter que voltar para casa. Duas semanas perfeitas assim são o acontecimento de uma vida. O motorista lhe entrega um cartão de visitas e lhe pede que o procure para o traslado do aeroporto em sua próxima visita a Tóquio. Emi pega o cartão com as duas mãos, faz uma reverência e agradece, ciente do quanto é improvável que um dia retorne. A não ser que a empresa precise que ela viaje profissionalmente. O que de certa forma já é uma possibilidade que paira no ar.

Com isso em mente, ao se ver sozinha, não consegue parar de chorar. É a exata figura dos aeroportos que sempre procura: alguém chorando sozinho.

Sempre que vê alguém sozinho e chorando nos aeroportos, fica conjecturando. Estará indo ou vindo? Estará se despedindo ou reencontrando? Estará chorando de felicidade ou de tristeza?

E agora ela se faz as mesmas perguntas, porque seu choro não tem uma razão totalmente explícita. É uma vitória ter chegado até aqui, conhecido a terra de Paulo Hiro, ter visitado a universidade em que ele estudara no passado, ter vivido intensamente os jogos olímpicos, ter andado todos os dias pelas lindas ruas de Shibuya até se sentir pertencente ao lugar. Agora parte para o lugar mais longe do mundo, de novo. E talvez nunca mais volte, ou volte tantas vezes que a distância por fim diminua em sua percepção...

Veste calça preta, coturnos confortáveis e uma camiseta branca básica, traz uma jaqueta de couro preta e uma manta de lã penduradas no braço. A mesma roupa que usou na viagem de ida. Enfrentar quase trinta horas de viagem não é chato. O chato é pensar no quanto aquela cidade é longe do seu mundo, e o quanto, afinal, não faz parte de sua vida de verdade. Rostos e risos povoam suas lembranças. Alguns deles bem guardados ali no seu celular. Amizades e promessas preciosas num universo inteiro conquistado em apenas duas semanas.

Dentre a multidão que se dirige ao portão de embarque para São Paulo, vê muitos brasileiros que estiveram lá pelo mesmo motivo que ela. Alguns adultos com uma porção de crianças na faixa dos dez ou doze anos estão eufóricos, falando ao mesmo tempo. Um grupo de quase vinte torcedores esportivos garante a algazarra colorida que toda fila sempre tem em voos brasileiros. Emi acaba rindo com a alegria despreocupada que sempre paira sobre os filhos tostados da terra solar, os melancólicos imigrantes que a vitamina D conquista e que não podem jamais exercitar nenhuma tristeza genuína.

Obedientemente, contudo, cada qual vai se dirigindo ao seu setor, ao seu assento, e uma longa, realmente longa viagem está para começar.

Emi acomoda a mochila e a jaqueta no compartimento superior e fica com a manta de lã franjada para se cobrir. Ela será bem útil quando chegar a Guarulhos e se deparar com o inverno que Deus manda. Não gosta muito das mantas de avião, prefere a sua, que arremata o *look* e dá um charme especial.

Diferente da alegria dos muitos passageiros brasileiros, o passageiro ao seu lado se mantém virado para o canto, com um boné caído para a frente, escondendo o rosto quase todo. É muito cedo para estar dormindo, as pessoas ainda mal se sentaram. Sua postura não é nada simpática, e Emi suspira, imaginando uma viagem daquele tamanho ao lado de um chato mal-humorado. Na ida, ao menos a senhorinha lhe sorria às vezes.

Senta-se e se acomoda com cuidado para não esbarrar no chato magrelo, cujas pernas finas num jeans justo parecem varas de bambu. Os pés são grandes também, em tênis coloridos e espetaculares. Ela fica um tempo absorta, olhando para aquele pé enorme. Depois presta atenção às proporções gerais da criatura: dos pés grandes sobem longas pernas, joelhos dobrados desconfortavelmente, longas coxas tão finas quanto as pernas, e aí o resto se perde num blusão largo de estampas geométricas e no boné, que deixa ver um pouco de uma cabeleira negra e despenteada.

Ele é bem alto e bem magro e, pelo tamanho do blusão, ele sabe que São Paulo está sendo açoitada pelo inverno.

Ainda tem uma semana e meia de férias para organizar a vida antes de voltar ao escritório e tudo retomar as mesmas cores e formas de sempre. Ela se sente pronta para os novos desafios em importação e exportação com as empresas japonesas. Pensar em voltar à ativa no ritmo acelerado da empresa e ao mesmo tempo à monotonia social é quase um alívio. Será uma vida bem pacata e, bem possível, segura.

VOLTAR À SEGURANÇA É O DESEJO DE TODOS QUE SE AVENTURAM. O QUE É A AVENTURA SENÃO O DESEJO DE TER HISTÓRIAS PARA CONTAR DEPOIS, NA CALMA REALIDADE DO DIA A DIA? NÃO SINTA VERGONHA DE DESEJAR UMA BOA COMPANHIA E UM BOM VINHO, UM BATE-PAPO TOTALMENTE A SALVO E BEM CONFORTÁVEL EM CASA. #EUAMOVINHO

37

Recebendo os avisos de desapertar os cintos após a decolagem segura, Emi se endireita e desafivela o cinto, fechando momentaneamente a revista que folheia sem muita atenção. O vizinho bem alto e bem magro coloca o boné no porta-revista e desafivela o cinto, empertigando o corpo e esticando as costas com um suspiro fundo, depois dá uma ajeitada nos cabelos com os dedos longos e finos. Emi quer dar uma olhada melhor nele, mas é meio fora de ângulo encarar alguém ao seu lado parecendo casual.

A curiosidade aumenta, e ela se arrisca o mais discretamente possível, pois a sua visão periférica está lhe pregando uma peça; ela tem que se certificar de que está apenas sentada ao lado de um belo rosto no meio daquela cabeleira japonesa toda armada. Contudo, a discrição é uma qualidade que sua manobra não atinge. Assim que vê o perfil de nariz pequeno e a perfeição de querubim, Emi prende a respiração e chega a levar a mão à boca para evitar um grito. O grito ocorre só dentro de sua cabeça.

Ichiro!

É ele!

É ele!

Ela já sabia! Ela sente!

É *ele*!

Ao seu lado, acomodado de olhos fechados e com os fones de ouvido, ele está indiferente ao fato de sua companheira de viagem estar quase aos gritos.

Será ele mesmo? Emi sente o coração pulsar, enviando sangue para a sua cabeça, as têmporas latejam como se ela fosse expelir um chafariz de sangue. Imagine a cor que não estará agora, o tomatão.

Ele está mesmo sentado do seu lado, indo para São Paulo, como nos seus delírios mais insólitos? Como isso é possível? Precisa respirar profundamente várias vezes.

Olha para baixo e vê o seu pobre coração se arremessando com tanta força contra o peito, é possível vê-lo mesmo sob a camiseta, pulando!

Pensa! Pensa! Pensa em alguma coisa!, sua cabeça grita loucamente.

Mas a única coisa que quer fazer é agarrá-lo pelo pescoço e nunca mais soltar. Talvez possa fazer isso, porque certamente é um sonho, ou ela está em outra dimensão, ou o que quer que aconteça quando a gente viaja para outro mundo, ou para o Japão. Seu descompasso não passa despercebido e, de tão agitada que ela está, ele se agita também, mas ainda não abre os olhos.

Emi fica imóvel, o corpo projetado para a frente, a cabeça quase encostada na poltrona da frente, pensando atropeladamente, suor brotando nas axilas. Torce e retorce as mãos e, no meio dessas voltas e reviravoltas dos dedos, tem uma ideia muito maluca. Precisa de um fio. Só um fio nessa meada. Se conseguir tirá-lo do ar... Um fio!

Respirando fundo, ela consegue fazer o anel girar de seu dedo e cair silenciosamente no assoalho apertado, perto do pé grande no tênis espetacular.

Quase de um salto, Emi se levanta e vai pelo corredor até o banheiro. Como se tivesse molas nos pés, ela praticamente pula a cada passo até se fechar no cubículo e se olhar no espelho. Se tivesse visto um fantasma, não estaria tão impactada.

Respira! Respira! Calma! Calma...

Um minuto parece longo demais para ficar longe dele, por mais que horas quase infinitas os condenem a ficar sentados um do lado do outro. O namorado japonês, o amante do outro lado da tela...

38

Ela precisa voltar. Depois de derrubar o anel perto do pé dele, ela se arrependeu, mas foi a única coisa que passou pela sua cabeça; voltar do lavabo com uma cara preocupada, procurando por alguma coisa por ali, pelo assento, pelo chão... até que enfim o ache. Precisa ser ao mesmo tempo discreta e delicada, e linda e charmosa, mas de forma a ele perceber que ela está procurando por alguma coisa. Será que ele vai ficar curioso? Será que vai olhar para o próprio pé e ver o objeto perdido? E se ele nem abrir os olhos? E se nem vir nada, ouvindo uma sinfonia toda calmante nos fones de ouvido, e ela se rasgando à toa? E se ele já estiver dormindo? E se ele for o maior chato do mundo?

Respirando profundamente, ela vê que o rubor está sob controle. Emi fez o primeiro movimento no tabuleiro.

Vamos jogar.

Andando devagar e se apoiando nas poltronas, sem pressa, Emi já vai treinando a cara de preocupação, procurando por seu anel de pedra roxa com a inscrição "Tama". Chega ao assento e olha bem antes de se sentar. Passa a mão pela manta de lã cor de petróleo, chega a dar uma sacudida nela para ver se o anel cai dali. Senta-se intrigada e olha para o chão, por toda a extensão onde seus olhos alcançam.

O anel não está mais lá. Não está em lugar algum! E neste momento ela para de fingir, pois o pé grande está no mesmo lugar, mas o seu anel não está mais ali do lado.

Tem que estar ali em algum lugar, não estão num ônibus que se chacoalhe, fazendo as coisas caídas rodopiarem pelo assoalho! Era para estar bem paradinho ali ao lado do pé de Ichiro, o trapalhão vestido de frango que ela ama.

— Senhorita? — ele fala baixo.

Se tivesse alguma dúvida de que ele era mesmo o seu namorado japonês, a bela voz de barítono seria a prova definitiva.

Emi olha para ele timidamente, uma vez que não pode evitar o rubor nem qualquer reação química de seu corpo, que na última semana respondeu àquela voz como se fosse uma presença real. E agora é uma presença real. Pessoalmente, a voz é ainda mais gostosa de se ouvir, é como uma cobertura de chocolate. Ela prende o fôlego.

— Senhorita... — ele não diz mais nada, mas ergue a mão de dedos compridos, e entre seu indicador e seu polegar o anel todo faceiro se exibe.

Sem saber de onde tira coragem para isso, Emi envolve a mão dele nas suas e acolhe a peça. Dá um sorriso aparentemente espertinho, sem demonstrar que está morrendo, e fala:

— Sim. Eu aceito.

Eles ficam imóveis por um instante, olhando-se, as mãos meio que entrelaçadas. Ele ri, surpreso, e seus olhos se estreitam, formando apenas longos riscos no rosto. Quando os reabre, é um olhar humorado e brilhante.

Emi também ri e encolhe os ombros.

— Desculpe. — Ao se sentir mais relaxada, Emi fala, bem-humorada: — Eu sempre quis dizer "sim" ao príncipe que me oferecesse um anel.

— E eu nem sou um príncipe. E mesmo assim você o derrubou no meu pé.

— Oh, Deus! — Emi leva a mão à boca, a mão esquerda, na qual o anel já reina no polegar. Ambos continuam rindo. Ele, despreocupado; ela, em desespero e se contendo para não transparecer o pânico. — Eu podia jurar que era um príncipe, e na verdade era um detetive! Todo o meu plano foi por água abaixo.

Chega mais um aviso de turbulência, e eles afivelam os cintos, arrumando a postura nos assentos. Olhando para frente, Emi mergulha num emaranhado de emoções. Terá estragado tudo? Ela conhece apenas o personagem do seriado, e sua aproximação apatetada combina com ele, o namorado, e não com o rapaz ao seu lado, de quem ela não sabe nada. Nada mesmo: que raios ele está fazendo num voo para São Paulo?

— Sasori — ele volta a falar com sua voz de cantor de Schubert.

Emi fica deliciada por ele reconhecer a joia não só como um sinal de quem conhece o grupo dos vilões Akatsuki, mas por saber especificamente que é o anel de Sasori.

— O mestre titereiro dos venenos — anuncia ela em japonês, exibindo a mão pequena.

— O mestre titereiro dos venenos – repete ele em português.

— Você fala português! Quem é você? — admira-se ela.

Até onde vão as surpresas antes de ela cair dura? Ele fala português com a mesma facilidade com que fala japonês na TV.

— Estou voltando para casa. Faz tantos anos que estou longe do Brasil... Agora estou voltando. Faz dois anos que não encontro ninguém da minha família pessoalmente. Só por aplicativos. E você?

— Eu? Ah, eu só passei duas semanas em Tóquio para as Olimpíadas. Estou aproveitando as férias, curtindo minhas raízes.

— Mas você não é japonesa.

— Não.

— Então que raízes são essas?

— Não são sanguíneas, são afetivas. Um dia eu te conto.

— Conta agora.

Emi sorri depois de pensar um pouco. Assente com a cabeça levemente, buscar um fio de memória para contar faz com que seu coração se acalme um pouco.

— Quando eu era pequena, minha avó tinha uma vizinha japonesa. Ela gostava de mim e eu dela, mas ninguém sabia. Era meu segredo. Eu saía no quintal da minha vó e descia uma escada que ladeava a casa vizinha num declive. Lá embaixo era a casa da japonesa, e eu tinha encontrado uma passagem pelos fundos, onde a cerca tinha um vão.

"Os adultos não se preocupavam comigo, eu estava brincando no quintal dos fundos e não sairia para a rua. Eu era apenas uma criança, ainda não sabia que para entrar na propriedade de alguém você precisa ir pela frente da casa e apertar a campainha! E do nada eu aparecia na janela dela e a via lá dentro. Ela era tão bonita... Eu ficava encantada como se aquela janela fosse um portal para algum lugar mágico."

Emi fica por um momento se lembrando de cada detalhe guardado daquele janelão de madeira, pintado de verde-escuro e descascando em alguns pontos. É uma de suas lembranças mais antigas. Talvez seja uma memória tão preciosa pelo fato de ser a primeira aventura que teve sozinha, sem a supervisão de um adulto e sem a companhia de outra criança. É algo só seu. A avó conhecia a vizinha, mas nunca as apresentou. E Emi surgia diante de sua janela, no meio das moitas de flores do quintal sem pavimento, feito um coelho silvestre.

— O que tinha de encantador na janela? — pergunta ele quando o silêncio de Emi se prolonga.

— Era um ateliê de costura escuro, nas sombras, porque a única luz era a luz natural que entrava pela janela e emoldurava a mulher. Atrás dela só dava para ver vultos de manequins e baús de materiais que pareciam baús de tesouros. Ela era costureira de uma butique infantil e produzia vestidos de festa para meninas do meu tamanho. Eram bordados e enfeitados de laços, com cores lindas. Eu nunca usaria nada parecido. Meus pais me vestiam de moletom. Até ver os vestidos que saíam daquela máquina de costura, eu não sabia que existiam coisas tão lindas. Ela costurava, a máquina fazia aquele som característico, e ela ia falando comigo.

"É importante para uma criança ter a atenção de um adulto. Eu admirava seu sotaque forte, a falta de algumas palavras que ela ainda não conhecia. Era a primeira vez que eu tinha contato com uma pessoa estrangeira que ainda não falava bem o português. Da casa dela se desprendia um cheiro diferente. Não era nem gostoso e nem ruim, só era muito diferente. Eu já era adulta quando descobri que era incenso de jasmim. Ainda adoro esse cheiro. Não é nem gostoso e nem ruim, mas me leva pra frente daquela janela mágica, que era inatingível."

— Mas você estava lá, como era inatingível?

— Eu estava no quintal, pra lá daquela janela era outro mundo. Lá dentro havia a mulher mais bonita que eu já tinha visto, que fazia vestidos de princesa com aroma de jasmins. Ela me dava atenção, falando tudo errado e sorrindo o tempo todo.

O rapaz está atento a cada palavra que Emi vai falando. Quando ela termina, ele faz uma leve afirmação com a cabeça.

— Agora eu sei o que são raízes afetivas.

— Obrigada por ter me deixado falar nisso. Acho que eu nunca tinha contado pra ninguém. — Antes que fique emotiva, Emi dá uma guinada e o provoca: — Agora é sua vez de me dizer por que resolveu voltar bem hoje, só pra me encontrar.

— Ou foi o contrário? — pergunta ele, muito sério.

Emi se defende:

— Até agora eu estava achando que era coincidência.

Eles riem de novo. Eles sempre riem e sorriem quando se olham.

— Então, muitas vezes eu sou confundido com o Ichiro.

— Verdade, Ichiro? Eu não sou a única pessoa que já fez isso? Cara, que frustração, eu achei que estava me saindo tão bem.

Emi não deixa o jogo acabar ainda, e ele reage:

— Se eu fosse, provavelmente uma bigorna Acme ia cair na minha cabeça agora!

Eles se encolhem ao mesmo tempo, protegendo a cabeça.

— Você é um ótimo Ichiro. Tão bom que realmente é difícil não pensar nele agora.

— Suiroshi. — Ele oferece a mão, e ela lhe dá um longo aperto. Gostaria de nunca mais soltar.

— Emi. Muito prazer. Engraçado... Você descobriu tudo sobre minhas raízes afetivas antes de saber o meu nome.

— A ordem dos fatores não altera o produto.

— Nossa... — Emi faz uma longa reverência. — Nunca ouvi nada mais original.

Começam a rir de novo.

NÃO PERCA UMA SÓ OPORTUNIDADE QUE A VIDA LHE DER DE SORRIR E DE RIR.

39

Depois do jantar, Emi constata que não pararam de conversar nem por um instante, estão longe de se cansar ou sentir sono. A primeira impressão e a paixão reprimida pelo personagem de seriado são assuntos que já se resolveram dentro dela. Pode ser ela mesma mais uma vez. A nova Emi, a Emi de sempre. Ele também parece muito confortável na própria pele. Apenas quando fica sozinha um pouco, porque ele vai ao banheiro, ela consegue pensar rapidamente, e diz com todas as letras para si mesma: *eu amo esse homem. Deus, me ajude, eu o amo até vestido de frango gigante.*

— Eu fico feliz por você ter se sentado do meu lado. Às vezes a gente dá muito azar em viagens longas. E eu sou muito azarado — Suiroshi vai falando enquanto passa por ela e se acomoda no seu canto mais uma vez. — Não queria nem ver quem ia se sentar aí. Na minha última viagem, o velho tinha tanto chulé que exalava pra fora do sapato!

— Que horror! Espero não estar te incomodando com meu cheiro.

— Ah, Emi, você cheira muito, muito bem.

Ela sente o rubor de novo. Fica tímida e olha para o corredor, tentando disfarçar.

— Suiroshi, você está voltando para casa e vai continuar atuando, ou vai abandonar a carreira de ator?

— Carreira de ator? Não sou ator! Eu sou técnico num departamento de TI.

— Não tem cara de técnico de um departamento de TI.

— Mas sou, sim, e daqueles bem nerds, de óculos e tudo mais. Mas as coisas mais sem pé nem cabeça acontecem na vida da gente, não é? E eu acabei na TV.

— Como assim? — Emi se acomoda melhor, sentada meio de lado, para vê-lo de frente. — Como foi isso?

— Foi assim: eu sou alto, tenho umas proporções boas, então na faculdade fui convidado pra fazer uns desfiles para o departamento de moda. Eu fui, e me dei bem. Fui convidado pra desfilar mais vezes. Eu fui, tinha até cachê quando era uma marca mais famosinha. E, num desses eventos, o pessoal pediu para algum modelo dançar. Ia ser um desfile de roupa confortável, pra *street dance*, e eles queriam que na passarela a gente demonstrasse. Só que foi uma coisa meio de surpresa, e os modelos de verdade não queriam pagar esse mico. E eu, que não levava a coisa a sério, falei que podia dançar, sim. Era fácil pra quem não tinha nada a perder.

— Entendi. Mas você saiu dançando, do nada?

— Ninguém sabia, mas eu danço muito bem, e adoro dançar. Aí eu arrasei. — Ele ri um pouco, provavelmente se lembrando de algum detalhe peculiar. — Foi muito engraçado. Olha pra mim. Alto e magro desse jeito, dançando entre duas meninas que eram dançarinas mesmo e sabiam o que estavam fazendo. Foi sucesso total. Eu saí no jornal, estamparam meu rosto em todos os lugares, e umas meninas muito loucas do curso de Marketing e Design abriram um fã-clube.

— Nem a pau! Sério?

Eles voltam a rir, Emi pensando para si que as meninas não precisavam ser nem um pouco loucas para abrir um fã-clube. Bastava terem olhos. Ele é tão lindo que é impossível parar de observar cada detalhe seu. É muito simpático e educado. Ela acha que quase trinta horas de viagem pode ser muito pouco tempo. O que acontecerá quando desembarcarem? Nunca mais vão se ver? Emi já está sofrendo.

40

Pela manhã, quando Emi desperta lentamente, sente-se tão feliz que não quer se mexer. Adormeceram lado a lado, abraçados, e ele não roncou. Não pode existir nada mais perfeito. O braço dele cruza seu corpo e sua mão longa segura sua cintura, enquanto ela está abraçada a esse braço, por baixo de sua manta de lã. Ela aconchega mais o rosto já meio escondido no blusão dele. É o momento mais inacreditável da viagem, melhor do que as luzes de Shibuya! Melhor do que os jogos olímpicos!

Depois de usarem o banheiro e o café da manhã ser servido, ela comenta casualmente sobre um detalhe que não a deixa em paz. Sofre como se estivesse com ciúme.

— Você estava falando sério sobre ter um fã-clube?

— Pior que sim. Aquelas maluquinhas me deixaram famoso. Foi nessa aventura toda que fui convidado a fazer esse personagem atrapalhado na série. Não tinha que ser ator, só precisava decorar textos pequenos e não ter senso do ridículo. E eu não tinha.

Emi olha muito seriamente para ele por um instante.

— Então você é o Ichiro! Quer dizer... você é o Ichiro fora da série também.

— Se isso fizer você se apaixonar por mim, eu sou.

— Suiroshi...

Ela cora até as orelhas. Ele sorri, despreocupado.

— Pensa comigo. Um técnico de TI não tem graça. Mas um dançarino desastrado com fã-clube... o que pode existir de mais cativante?

Emi sente uma leve asfixia. Se ele fala sério ou se só brinca, é um mistério. Por isso é mais fácil prosseguir na brincadeira e deixar rolar.

— O que a sua mãe vai dizer se você voltar pra casa com uma fã a tiracolo?

— Não sei. Mas vamos perguntar a ela no aeroporto. Ela vai estar lá com meu pai, minha irmã e o noivo da minha irmã. Estão me esperando para ser padrinho do casamento deles. Vai estar todo mundo lá. Aí a gente já oficializa.

— Oficializa o quê?

— Você já falou "sim, eu aceito".

Emi sente o anel no dedo.

— Muito bem, meus pais e amigos também vão me buscar. A gente oficializa.

Emi ainda não sabe exatamente o que está acontecendo até que Suiroshi pega seu queixo com os dedos longos e ergue seu rosto de leve. Enquanto ele se aproxima, ela prende a respiração. Se acontecer o que ela está esperando... ela já vai saber. Mas Suiroshi é tão imprevisível que no momento em que ela sonha com seu beijo ele pode soltar outra piada.

Eles se conhecem há quase vinte horas, algumas desperdiçadas dormindo. Eles estão num espaço público. Eles não podem ficar se beijando. Eles devem estar ficando doidos. Mas, mesmo doidos, tentam ser discretos. O mais discretos que conseguem ser duas pessoas quando se beijam e não podem mais ficar sem se beijar. Quando seus lábios se tocam, ambos estremecem com correntes elétricas evidentes. Não podem esconder um do outro a explosão que se causam.

— Suiroshi, tem tanta coisa que eu quero saber sobre você. Me fascina o fato de ter morado no Japão por tantos anos. Quero saber tudo!

— Tudo mesmo? Pode levar bastante tempo. Minha vida é intensa.

Ele se esforça para manter um ar de mistério, aproveitando para tomar um gole de uma garrafa de água que estava esquecida ali.

— Temos bastante tempo. Bem, pra começar, me conta por que o título *Tokio2020*. Quem foi o maluco ousado que escreveu com "i"? — Emi pergunta com bom humor.

Suiroshi é pego totalmente de surpresa. Com a boca cheia, ele não consegue evitar e espirra água por todo lado, fazendo chover sobre Emi, que dá um grito de susto.

— Eu cuspi em você! Desculpa!

— Caramba, Suiroshi!

Eles desatam a rir, procurando guardanapos que sobraram da refeição para enxugar Emi, babada até nos cabelos.

— Por essa eu não esperava, você se transformou na garota da camiseta molhada. Que sorte a minha.

— Atrevido! Não estamos nessa fase ainda.

Ela responde sem se preocupar, sabendo que sua opção por um belo sutiã de bojo não permitirá que passe pelo constrangimento dos mamilos expostos pela camiseta molhada.

— Não sei em que fase estamos. Já dormimos juntos, Emi. Acho que já babei no seu cabelo antes. — Depois de respirar fundo e se empertigar um pouco, erguendo o nariz numa postura defensiva, ele fala baixo, um pouco chateado: — O maluco ousado sou eu.

Eles se encaram por um longo momento, sérios. E, de repente, mas já esperando por isso, desmancham-se em risadas. Emi o agarra pelo pescoço, eufórica.

— Foi você que deu nome ao seriado? Como assim? Quem é você?

— Isso aconteceu quando todo mundo foi chamado para uma reunião de *brainstorm* para coleta das visões gerais antes de começar a divulgação. Tudo que você imagina foi falado.

Até absurdos que poderiam me colocar em perigo, tipo atropelamento, cair em poços de elevador. Tentar achar um jeito de me matar era um dos momentos que eles mais adoravam por trás das câmeras. E eu não ia ficar pra trás, só batendo com a cabeça e tropeçando nas coisas. Aí ergui minha linda mão comprida e fiz o que sei fazer. Falei da forma mais convincente que podia, engrossando ainda mais a voz. O resultado foi que rolaram de rir do ridículo que eu propus. Escrever "Tokio" com "i". E já que era ridículo, e já que riram tanto, eles aceitaram. Não rolou muita inveja, não, porque eles sabiam que poderiam se vingar nas gravações.

Emi o encara, séria.

— Mas por que você fez isso?

— Porque parecia genial no momento. Eu era um universitário em busca de todas as perfeições acadêmicas e, no espírito, carregava aquela necessidade de quebrar as regras. Isso se refletia no público que nos acompanhava. Era a ideia de um milhão de dólares, uma grafia irreverente e internacional, usada em diversas partes do mundo na internet. Cair no mundo era o plano, nós iríamos conquistar o planeta Terra com essa produção!

— Meu Deus. Sério que você usou esse argumento, e que colou?

— Não. Na verdade, eu fui muito sincero falando que, se eles realmente iam me fazer usar aquela roupa de frango, eu devia ter o direito de escolher o título da série. E depois, como faríamos aparições em tantas entrevistas, esse seria um assunto engraçado e bem aceito por ter sido a ideia do brasileiro. Sabe, eles tendiam a achar graça no brasileiro até antes de ele abrir a boca. Se eu não tivesse uma autoestima estratosférica, teria provavelmente me suicidado.

— Eu não vi nada a esse respeito. Tem certeza que sua ideia valeu um milhão de dólares?

— Ah, claro que valeu. Não se esqueça que você só assistiu à reprise. No lançamento em 2017 comentaram que o humorista da série, um nipo-brasileiro no Japão desde garoto, escolheu um título internacional para homenagear a visita dos atletas olímpicos que viriam em 2020. Isso, sim, colou.

— Então vou ter que lidar pelo resto da vida com um comediante nipo-brasileiro com uma autoestima estratosférica?

— Faz parte do pacote. Sou tão satisfeito comigo mesmo que me sinto plenamente capaz de merecer você, por mais fabulosa que seja.

Ela sente o vermelhão chegando às faces e mergulha numa onda quente e acolhedora, aninhando-se nele.

No momento em que Emi lhe confessa que estava apaixonada desde muitos dias antes daquele encontro, e confessa que o adorava pela TV, ele diz que isso é triste, porque então na verdade é daquele desastrado dentro do frango gigante que ela gosta. Emi ama Ichiro, e de forma alguma ele poderia ter deixado de ser ele mesmo, Suiroshi, que a conquistou irresistivelmente ao lhe oferecer o anel de Sasori. Como ele poderá saber, daqui a um ano, se ela o ama ou se ainda é apaixonada pelo Ichiro? Ele fica divagando de uma forma tão cômica que Emi ri sem parar.

— Será que estamos falando sério, ou essa é uma brincadeira bem boba de viagem? — Emi pergunta olhando para os seus dedos entrelaçados.

Suiroshi responde depois de pensar um pouco:

— Você é uma menina desconfiada.

— É que estou aqui pensando, será que depois de hoje a gente vai voltar a se ver?

— Eu só fico pensando se teria alguma chance de a gente não ficar se trombando toda vez que sair de casa. Você é da Mooca, e eu da Aclimação. Se eu não tivesse ficado tantos anos no Japão, a gente teria se conhecido em alguma fila de supermercado e já estaria junto faz tempo! Desde a infância, talvez.

— Será? — Emi deita a cabeça no seu ombro. — Eu teria dito "sim" se você me desse um anelzinho de plástico, daquele que vinha no chiclete.

— Você não teria curiosidade de como seria namorar com outro cara?

Emi pensa menos de um segundo nos outros namorados.

— Não mesmo.

Ela aperta um pouco a sua mão e sente um tremor quando ele solta seus dedos. Deixar de tocá-lo é quase insuportável. Sente vontade de chorar. Suiroshi pega sua manta de lã, embrulha-a desajeitadamente, deixando-a meio presa, e abraça o pacote formado dela embrulhada, trazendo-a para perto de seu peito. Fica cheirando seus cabelos.

— Meu Deus, como você é linda. Onde você estava todo esse tempo?

— Te procurando pelas ruas de Shibuya. Mas eu não te achava, e minha vida ficava impossível. Então eu corria pro meu quarto e ficava olhando para o Ichiro antes de dormir.

— Mentirosa.

— Está bem... não estava te procurando. — Começam a rir. — Mas eu ficava paquerando o trapalhão dentro do frango.

— Eu mereço. Você devia ter me visto desfilando pelas passarelas com um terno todo elegante pra tirar essa imagem do frango da cabeça.

— Quero te ver dançando.

— Você vai dançar comigo?

— Todos os dias, Suiroshi.

— Emi... eu não consigo ficar sem te beijar. O que você fez comigo?

Emi deixa que ele a beije e não responde de imediato. Depois olha muito séria para ele e fala baixo:

— O anel. Por que você tocou nele?

— Estava envenenado!

NO DIA EM QUE VOCÊ CONHECE UMA PESSOA QUE FALA A MESMA LÍNGUA QUE VOCÊ, NÃO SOMENTE O IDIOMA, MAS O SENTIDO, VOCÊ SENTE QUE CHEGOU ONDE DEVERIA ESTAR. #ANIME_UNIVERSE1418 #PEGADASNAAREIA

41

De novo se sentindo quadrada, amassada, saída de outra dimensão, Emi vem lentamente ao lado de Suiroshi pelos corredores de desembarque em Guarulhos. Mesmo dentro das estruturas totalmente fechadas, já é possível perceber que adentram o inverno mais gelado que se pode fabricar em São Paulo. Aeroportos são como cavernas subterrâneas.

A multidão vai se dispersando aos poucos no aeroporto. Sua mala e a mochila vão no carrinho que traz, além da sua bagagem, dois volumes enormes contendo os acúmulos dos anos da vida de Suiroshi no Japão.

Eles vão de mãos dadas, empurrando o carrinho, olhando em torno e procurando por todos que prometeram estar ali. O primeiro grupo que avistam é um tímido ajuntamento de quatro pessoas agasalhadas até os olhos.

— Ali! Vamos falar japonês com eles, eles adoram. Vem!

Suiroshi acena, eles já estão todos olhando para ele e logo retribuem o aceno. Sua mãe sai do bloco de boas-vindas e vai ao seu encontro. O rapaz a abraça e a ergue no ar, ela é pequena e reclama timidamente, mandando que ele a ponha no chão. Os demais vão se aproximando devagar, sorrindo. Emi fica ali, segurando o carrinho, ou se segurando no carrinho.

Depois de cumprimentar a família, um a um com um jeito diferente e caloroso, Suiroshi não perde tempo em voltar para o lado de Emi e trazê-la para diante deles, segurando-a pela cintura, muito agarrado, muito perto.

— Família, eu disse que ia trazer uma grande surpresa.

— Sim! Qual é a surpresa?

Todos olham para Emi, e ela cora violentamente, nem consegue sorrir direito.

— Minha esposa, Emi!

Seus pais, irmã e cunhado, e principalmente Emi, têm uma reação explosiva. A confusão se instala, e Suiroshi desata a rir. Suas gargalhadas são cortadas por alguns tapas que ele recebe de sua mãe e de Emi, uma de cada lado.

— Está certo, ainda não nos casamos, mas vocês tinham que ver as suas caras!

— Seu palhaço! É assim que você me apresenta?

— Emi?

Alguém chama às suas costas, e, quando se volta, Emi se depara com o segundo grupo: seus pais, Lorraine e o noivo, Evelin e Gert. Literalmente cada um é de um tamanho e de um formato, e Emi esteticamente não parece poder se encaixar ali. Ela é parecida com a família de Suiroshi.

Nos olhares do seu grupo, isso está estampado. É tão estranho encontrar Emi assim, dentro de uma família japonesa, falando japonês e dando peteleco no molecão que gargalha. Eles não entendem nada.

— Gente! Oi!

Emi larga o primeiro grupo e vai abraçar seus pais e amigos. Suiroshi fica olhando seu encontro com um sorriso. Quando seus olhares se cruzam, Emi sabe o que precisa fazer. Vai até ele e o busca pela mão. Nesta altura, todos fazem uma espécie de círculo em torno do casal de viajantes.

— Muito bem, esse é o Suiroshi.

— O futuro marido dela — ele avisa com seu vozeirão.

Todos ficam mudos, trocando olhares pasmados.

— Suiroshi sempre faz essas chegadas. Não sei como ainda me espanto — comenta sua irmã, um pouco ciumenta pelas atenções em torno dele.

— Mas com uma esposa é a primeira vez que eu chego, confessa que eu me superei.

— Que história é essa? — questiona a mãe de Emi, sinceramente perdida e já ficando brava.

— Eu prometi que não ia ficar do outro lado do mundo.

Emi fica se segurando para não rir.

— Ele te faz rir? — indaga a mãe à queima-roupa.

Emi sorri mostrando todos os dentes que cabem em um sorriso.

— Eu sei, eu sei — intervém o rapaz, apaziguando o tumulto que começa a se formar. — Nós não vamos mais ficar longe um do outro nenhum dia das nossas vidas, mas por enquanto vocês podem ir pensando que somos apenas namorados.

— Nós não vamos mais ficar longe nem mais um dia das nossas vidas? — pergunta Emi, tão chocada quanto todos os demais, de repente caindo em si de que a brincadeira da viagem, iniciada com o anel de Sasori, não foi brincadeira.

— Não mesmo!

— Muito bem, Emi... — Gert sorri, satisfeito, e diz baixo, apenas para si mesmo.

Suiroshi, todo galante, a toma num abraço, dando-lhe um longo beijo.

Lorraine e Evelin são as primeiras que começam a aplaudir; em instantes, o grupo, antes atônito, vai se aquecendo e batendo palmas, fazendo uma algazarra que, aos ouvidos do casal, parece muito longe. Como ondas longínquas rebentando na praia.

A imagem vai parar em diversos ângulos no Instagram.

COMO DECLAROU SHAKESPEARE: "TUDO ESTÁ BEM QUANDO ACABA BEM". MAS VOCÊ PODE DIZER QUE É MELHOR AINDA QUANDO COMEÇA BEM. BUSQUE MAIS POR COMEÇOS DO QUE POR FINS! AFINAL, OS COMEÇOS ESTÃO TODOS SÓ ESPERANDO, E DEPENDEM DE VOCÊ PARA COMEÇAR! #TUDOPERFEITO

editora
coerência

Esta obra foi composta na fonte Crimson Text,
tamanho 12pt, e impresso em papel pólen soft 80g/m².
São Paulo, novembro de 2019